COMO MONTAR
UMA MULHER-BOMBA

Luciana Pessanha

COMO MONTAR UMA MULHER-BOMBA

Manual prático para terroristas emocionais

Baseado em fatos reais

Copyright © 2008 *by* Luciana Pessanha

Direitos desta edição reservados à
EDITORA ROCCO LTDA.
Avenida Presidente Wilson, 231 – 8º andar
20030-021 – Rio de Janeiro – RJ
Tel.: (21) 3525-2000 – Fax: (21) 3525-2001
rocco@rocco.com.br
www.rocco.com.br

Printed in Brazil/Impresso no Brasil

preparação dos originais
MARIANNA TEIXEIRA SOARES

CIP-Brasil. Catalogação-na-fonte.
Sindicato Nacional dos Editores de Livros, RJ.

P565c	Pessanha, Luciana Como montar uma mulher-bomba: manual prático para terroristas emocionais / Luciana Pessanha. – Rio de Janeiro: Rocco, 2008. ISBN 978-85-325-1153-9 1. Humorismo brasileiro. I. Título.
08-4661	CDD-869.97 CDU-821.134(81)-7

Nada de esa mierda es mi culpa.

Iggy Pop

Para Fernando Muniz.

Minha eterna gratidão a:
Maria Ignez e Dany Pessanha,
Gra Peres, João Ximenes,
Bel de Luca, Rafael Guerra,
Marianna Soares, Paula Kossatz,
Rodrigo Penna e Marcelo Ninio.

E às bomshells:
Lu Fregolente, Bel Themudo
e Dedina Bernardeli.

NOTA

Este manual prático chegou a mim através de uma celebridade do universo dos estudos da semiótica. Um homem cuja seriedade está acima de qualquer suspeição.

Justamente por isso, este pós-doutor, titular da cadeira de semiótica da Università di Bologna, não pôde vir a público pessoalmente para divulgar, em toda a sua complexidade, suas descobertas neste campo minado da dominação sexual. O meio acadêmico jamais perdoaria os estragos que esse *unabomber* da guerra dos sexos causaria no prestígio de sua congregação.

Sorte a minha que pude, durante minha estadia na Itália, regada a garrafas e garrafas de Sassicaia, desfrutar dos conhecimentos secretos deste gênio.

Agradeço a esta mente brilhante por sua incansável entrega à pesquisa e à práxis, e espero que este pequeno estudo não-acadêmico seja tão útil aos leitores quanto vem sendo para o seu autor.

INTRODUÇÃO

Não existe mulher-bomba sem que haja um montador. É condição sine qua non. Estes dois tipos humanos são simbióticos – ou co-dependentes, como preferir. No entanto, neste caso, sabemos que o ovo vem antes da galinha: é imprescindível que haja um montador para uma mulher-bomba existir. Não há vice-versa.

Mas de onde vêm os montadores?

O desejo masculino desdobra-se em etapas muito bem definidas, e cronologicamente subseqüentes.

A primeira delas, Freud nos explicou, é o desejo de matar o pai para ficar com a mãe só para si.

Depois de ser rejeitado pela mãe, no processo natural de formação da sua psique, o garoto se sente castrado, mergulha numa fase latente e vai sublimar na caixinha de ferramentas.

O que é a caixinha de ferramentas? O lugar onde ele é soberano. Senhor. Construtor do universo. Fazedor e desfazedor de coisas.

Nessa etapa ele começa, usando todo o seu engenho, a desmontar e remontar rádios, relógios, televisões, telefones, qualquer coisa que caia nas suas mãos. Juntar pecinhas, parafusar, colar, emendar, ligar conectores, fazer funcionar, esse é o foco do seu interesse e de toda a sua libido. Nessa fase, não existe nada melhor na vida do que um brinquedinho de montar. Ali, o menino descobre a alegria.

Até o dia em que encontra o perigo.

Nesse momento, o garoto entra na segunda etapa do desenvolvimento do seu desejo. Skates, pranchas, carrinhos de rolimã, montanhas-russas, bungee jump... é a descoberta do prazer da adrenalina.

A partir dos dez anos, o menino sobrepõe dois prazeres elementares: o engenho ligado ao gozo lúdico de montar coisas, e a adrenalina derivada das atividades de risco. É importante compreender que um prazer nunca elimina o outro. Eles convivem harmonicamente, de forma complementar. Ou, mais precisamente, em regime de lateralidade, formando um sistema onde um estado afetivo pode intensificar o outro. Assim, o garoto aprende a consertar a bicicleta, trocar rolamentos do skate, improvisar rampas, e por aí vai.

Aos doze, treze anos, dá-se uma nova descoberta extraordinária: o sexo – que marca a entrada na terceira etapa de seu desenvolvimento. Eis que o garoto tira prazer do próprio corpo e de seu poder sobre o corpo das garotas. Essa sensação é ainda mais poderosa que o gozo lúdico da montagem ou da adrenalina. Mas, como nas outras fases, os prazeres não se anulam nem se substituem – o sexo é mais uma camada de alegria e interesse, somada às outras.

Qualquer homem, em qualquer fase da vida pode, sem problemas, confessar seu fascínio por uma caixa de ferramentas, por consertar seu carro, voar de asa-delta, andar de moto, praticar kitesurf ou pela última capa da *Playboy*, indiscriminadamente. Muitos homens vivem alternando do brinquedinho para a adrenalina, da adrenalina para a testosterona, da testosterona para o brinquedinho até morrer, sem descobrir o supremo, o maior e o mais intenso prazer da masculinidade. Vivem, mas nunca se realizam completamente. Morrem sem conhecer o nirvana, sem ter obtido o satori.

O satori masculino, quando atingido, vem da conjunção, num único objeto, das três últimas etapas do seu desenvolvimento, e dos três tipos de prazer delas derivados: o gozo lúdico do brinquedo de montar, a adrenalina das manobras arriscadas, e a sensação de poder e prazer que só o sexo pode oferecer.

Só depois dos 25 anos começa a ser possível a conjunção de engenho, perigo e hormônios para o homem. Quando se torna um pouco mais vivido e adestrado em técnicas de prazer sexual, ele consegue chegar à síntese de satisfação de sua existência, que acrescenta aos outros prazeres o mais doce dos ingredientes: a vingança. A vendeta contra seu amor primal, que optou por seu pai.

É nesse momento que o macho viril afirma sua soberania narcísica absoluta e torna-se um montador de mulheres-bomba. Nesse instante, numa epifania, o sentido da vida revela-se diante dele de modo imperativo: "Amo o risco, a excitação, o frio na barriga, o perigo. Sei que nasci para montar esses irresistíveis objetos de prazer."

São poucos, apenas os mais destemidos entre os homens, que vivem essa experiência quase mística e reveladora, em que o arquétipo inconsciente do desejo masculino torna-se consciência, linguagem e ação.

Surge assim o *womanbomber*.

— 1 —

VIVENDO PERIGOSAMENTE
A MULHER-BOMBA COMO
ESPORTE RADICAL

O homem que monta uma mulher-bomba tem que estar consciente de que dele serão exigidos frieza, desprendimento e controle das emoções.

A explosão de uma mulher-bomba pode levar pelos ares, junto com ela, sua reputação, sua carreira, seu núcleo familiar, seu círculo de amizades, e o que mais você possa imaginar. Por isso mesmo elas são tão excitantes.

Assim, se você não tiver sangue-frio, é prudente interromper sua leitura imediatamente, sair em busca de uma boa moça, e declarar suas intenções para o pai dela.

Por outro lado, se a simples idéia deste tipo de risco faz com que um frio suba pela sua espinha e dispare fogos de artifício na sua cabeça, ao mesmo tempo em que uma excitação incontrolável toma conta da parte baixa do seu corpo, você pode estar prestes a se tornar um *womanbomber*.

Qualquer que seja a sua escolha, os editores deste livro não se responsabilizam por ela, nem pelos efeitos causados a você e/ou a terceiros.

A definição de Esporte Radical pode ser de grande ajuda para quem pretende, em breve, tornar-se um *womanbomber*:

"Esporte de aventura, também conhecido como esporte radical, é um termo usado para designar esportes com alto grau de risco físico, dadas as condições extremas de altura, velocidade ou outras variantes em que são praticados."

"Esportes radicais são esportes praticados com emoções e risco controlado, exigindo instrução e treinamento prévio, podendo requerer o uso de equipamentos especializados."

O *womanbombing*, assim como outros esportes radicais, pode desencadear uma produção de adrenalina e serotonina sem precedentes na sua vida. Mas, da mesma forma que você não vai se aventurar a escalar uma parede invertida a 200 metros de altura sem o treinamento e o equipamento necessários, também não dá para sair por aí explodindo estes seres perigosos sem o devido conhecimento das técnicas.

Este livro se propõe a treinar e instrumentalizar futuros *womanbombers* para que eles possam usufruir do prazer deste esporte de forma segura e controlada. Nosso intuito é formar campeões nesta modalidade. Atletas que possam praticar o esporte durante toda a vida, com toda a emoção que ele pode trazer, sem riscos.

ATIVAÇÃO:
MONTE UMA MULHER-BOMBA
VOCÊ TAMBÉM

— 2 —

TIRE DELA A VERDADE
MINTA SEMPRE
NEGUE ATÉ O FINAL

Oito e meia da noite.
Um dos jornais mais importantes do país está em fechamento. O celular do editor de política toca. Ele atende estressado achando que é uma fonte importante, com uma confirmação de um furo de reportagem, e nem olha para o bina.

– Alô, Arturo?
– Quem é Arturo?
– Giovanna?
– Como "Giovanna?"? É tanta mulher que te liga, que você já não reconhece mais a minha voz?
– O quê?
– Eu já sei, tá, Paolo?
– Sabe o quê?
– Eu sei que você saiu com a Mica.
– Que Mica?

— Você é péssimo mentindo. Vai dizer que não sabe quem é a Mica, minha melhor amiga?
— Ah, a Mica. O que tem?
— Eu sei que você saiu com ela, seu cachorro.
— Com a Mica? Tá louca?
— Louco tava você!
— Amor, eu não sei por que ela te disse isso. Mas é mentira. Deve ser inveja. Mulher sozinha tem...
— Ela não me disse nada, seu mentiroso. Eu li no seu e-mail.
— O quê?
— Eu li, tá? Eu li no seu e-mail!
— Querida, tá tocando a espera. É o Arturo. É a primeira página de amanhã. Eu preciso atender.
— Quem é Arturo?
— Um membro do parlamento da União Européia. Eu já te ligo, tá?
Tutututututututu... Ele desliga.
Não era o Arturo, e sim o Marco Antonio, do Vaticano. Nada confirmado, ainda.
Nove horas da noite.
O telefone do editor de política toca novamente. Ele atende estressado.
— Arturo?
— Não, é o Giordano, da portaria. A mulher do senhor está subindo.
— Mas eu não tenho mulher!

— O senhor vai ter que dizer isso pra ela. A mulher passou aqui ventando e pulou a catraca.

— Pulou? A mulher pulou a catraca? Mas que porra de jornal é esse que qualquer cachorro vai entrando? Onde estão os seguranças? O Roberto Rodrigues foi assassinado assim, no Brasil, sabia?

— Quem? Onde?

— Vá se foder, seu ignorante!

A porta da redação se abre com estrondo. Uma mulher alta, morena, gostosa, decotada, de olhos vidrados e minissaia Dolce & Gabbana caminha decidida por entre as mesas. Não há como não notar, ela veio vestida para matar.

O burburinho da redação cessa. Se ela falasse muito, mas muito baixo, a editoria de moda, do outro lado do salão, colada na janela, ouviria. Veja bem: são todos jornalistas. Mas a mulher quer sangue. E o seu tom é o de *O mágico de Oz*.

— Onde é que está o cafajeste?

Metade da redação se encolhe, por instinto, nessa hora. Ela acha a mesa dele, que pega imediatamente o telefone e sussurra, enquanto faz um sinal para que ela espere: "É o Arturo."

— Desliga isso se você não quer morrer.

Ela arranca o fone da mão dele e desliga.

— Você tá louco? Como é que você vai sair com a Mica?

— Eu não saí com a Mica!

— Eu vi Paolo. Ninguém me falou, não!

— Viu o quê, mulher? Você tava na China!

– Vi os seus e-mails, palhaço! Vi a sua troca de e-mails com ela.

– Como assim?

– Não se faça de estúpido, pelo amor de Deus! Não mais do que você já é. Eu entrei no seu computador, descobri a senha e vi que vocês combinaram de sair no dia 25, sábado, pra jantar.

– O que é isso? Você está louca?

– Louca eu? Eu vou matar você!

– Eu não troquei e-mail nenhum com a sua amiga.

– Como não? Como não? "Então, na varanda do Babette, às nove?"

– Babette? Que Babette? Você está louca! – ele diz com desprezo, e dá as costas para ela.

Diante de tamanha provocação, Giovanna perde literalmente o chão, e a razão. A mulher endoidece.

– E tem mais, seu nojento, imundo, cafajeste. – Nessa hora, ela sobe na mesa e grita para a redação: – Sabem o que esse cretino fez? Comeu a minha melhor amiga! – Ela chuta o computador dele, que resiste ao impacto do seu bico fino Sergio Rossi. Tudo indica que seu pé se machucou.

– Giovanna! – Paolo grita preocupado, primeiro com o computador, depois com o pé dela.

– Giovanna é o cacete, seu palhaço! – Ela chuta novamente o computador, que agora se espatifa no chão. – "Cheirosinha, fico excitado só de pensar." Que coisa mais cafona! – E berra de novo para a redação: – Vocês acreditam que ele escreveu isso? "Cheirosinha, fico excitado só de pensar." O editor de política desse jornal é um tarado brega de internet!

Há uma enorme excitação, também na redação, com esta declaração.

– De onde você tirou isso? Você tá maluca!

– Maluca? Eu devia é te encher de bala, seu monstro! Pra você ser comido pelos vermes, que é o que você merece. Eu só não te mato porque a droga desse país é machista e eu não vou enrugar numa cadeia cheia de mulher em vez de dar para todos os seus amigos, um por um, começando pelo seu pai.

– Pai não é amigo!

– Problema seu. Eu espero que você seja muito feliz com ela, que é tão podre quanto você.

Giovanna diz isso, desce da mesa cambaleando, cospe na cara dele e sai manca, redação afora, cheia de classe.

Na porta de vaivém, depois de quase socá-la para sair, Giovanna titubeia, diminui consistentemente a velocidade, e desfalece.

Todas as mulheres da redação, mais o pessoal do Esportes na dianteira, seguido pela Política e Economia – nessa ordem –, correm para acudir. Somente o pessoal da Cultura se mantém nas mesas, já que estão todos ao telefone ou na internet, passando a bomba adiante. Luca, o estagiário, também não se mexe. Está perplexo. Acaba de descobrir o que quer ser quando crescer.

Paolo desaba na cadeira e acende um cigarro – que roubou de alguém, já que havia parado de fumar pela oitava vez, nessa década.

Depois de um breve momento de prazer inenarrável pela nicotina na corrente sangüínea, seu faro jornalístico prevê a continuidade da cena, que é: todos se virando contra ele, com linchamento subseqüente.

Previdente, joga-se no chão, engatinha por entre as mesas até a saída de emergência do outro lado da sala, e foge pela escada dos fundos.

Do lado de fora, com a sensação de leveza de quem acaba de escapar de um bombardeio com ferimentos superficiais, ele entra num café, pede um maço de cigarros, uma garrafa de Brunello di Montalcino, e faz um brinde a si mesmo.

ATIVAÇÃO:
PASSO A PASSO

Muito bem, agora vamos à didática do método deste manual para explodir mulheres. Ou seja: a parte técnica.

Desmembrando a cena, passo a passo, você entenderá perfeitamente os conceitos contidos neste exemplo. Compreendendo os princípios abstratos, você entenderá como encaixar as peças para desencadear a explosão, quando tiver o seu material à mão. Sobre a escolha do material ideal, leia o capítulo 10.

1º Passo

Oito e meia da noite.

Giovanna, irada porque acaba de descobrir que foi traída, liga para Paolo.

É óbvio que, quando se está montando uma mulher-bomba, não se pode nem cogitar a hipótese de um crime perfeito. Que graça teria?

Por outro lado, também é muito importante que todos os movimentos sejam feitos com maestria. Um bom *womambomber* jamais faz um trabalho porco. Se desde o início o homem dá sinais de que é galinha, a mulher se desinteressa, o abandona, e, é claro, jamais explodirá.

Então:

Como uma espécie de pré-requisito, é necessário que haja o elemento surpresa. É preciso agir exemplarmente por um período razoavelmente longo, para que a mulher se apaixone e fique relaxada, tranqüila e confiante.

É fundamental que ela acredite que achou o homem da vida dela, e que tenha a certeza de que você encontrou a mulher da sua vida.

Portanto, abuse de frases feitas açucaradas, indicações de um futuro juntos, projetos de vida que a incluam etc. Busque exemplos em novelas, comédias românticas e seriados para mulheres solteiras, que são ótimas fontes de consulta. Vá ao shopping com ela para compras; pareça interessado quando ela pedir a sua opinião na hora de escolher um vestido; dê lingerie de presente; note quando ela cortar o cabelo; receba a aprovação dos pais, irmãos e amigos dela.

Somente então, quando ela menos esperar, você pode partir para o primeiro passo que é:

Praticar o golpe e deixar pistas.

Mas atenção:

Quanto mais escondidas estiverem as pistas, maior o potencial de explosão.

É imprescindível que ela veja, ouça ou sinta algo equivalente a um grão de arroz num colchão, uma poeira cósmica, uma pontinha de linha que aparece na fresta de alguma mobília.

Aí está a maestria da operação e o dado que faz diferir um profissional de alto gabarito de um integrante de movimento estudantil que fabrica um coquetel molotov.

— Eu já sei, tá, Paolo?
— Sabe o quê? [Faça-se de desentendido, sempre]
— Eu sei que você saiu com a Mica.

Muito bem: Paolo passou um bom tempo fiel e apaixonado, cometeu um crime, deixou pistas intrincadas. No caso, e-mails incriminadores trocados com a amiga dela. Giovanna mordeu a isca, seguiu uma pista, teve trabalho, se expôs, e descobriu a traição. Agora ela quer, ou melhor, ela precisa tirar a prova dos nove.

A mulher exige, então, um depoimento, uma confissão.

É neste exato momento que você deve começar a negar e a mentir. Aqui começa, efetivamente, a ativação.

— Que Mica?
— Você é péssimo mentindo. Vai dizer que não sabe quem é a Mica, minha melhor amiga?
— Ah, a Mica. O que tem?
— Eu sei que você saiu com ela, seu cachorro.
— Com a Mica? Tá louca?
— Louco tava você!
— Amor, eu não sei por que ela te disse isso. Mas é mentira. Deve ser inveja. Mulher sozinha tem...
— Ela não me disse nada, seu mentiroso. Eu li no seu e-mail.

– O quê?

– Eu li, tá? Eu li no seu e-mail!

Diante da verdade mais cintilante, a estratégia é achar uma saída pela esquerda e sumir.

– Querida, tá tocando a espera. É o Arturo. É a primeira página de amanhã. Eu preciso atender.

– Quem é Arturo?

– Um membro do parlamento da União Européia. Eu já te ligo, tá?

Essa manobra pode parecer uma estratégia de desativação da mulher-bomba. Assim, Paolo ganharia tempo para pensar no que dizer à Giovanna, e, com o passar do tempo, ela poderia se acalmar.

No entanto:

Um *expert* sabe que deixar uma mulher falando sozinha num momento de pico de adrenalina, só faz encurtar o caminho que a separa da explosão.

2º PASSO

Nove da noite.

Recapitulando: é hora de fechamento do jornal. As editorias de Política, Economia, Cultura, Esportes e todos os seus respectivos jornalistas estão na redação nesse exato momento. Enquanto isso, a mulher-bomba pulou a catraca da portaria, entrou no elevador, e está a caminho com dinamites no estômago, balas dundum nos olhos e bombas de efeito moral na ponta da língua, prontas para explodir.

Giovanna entra na redação. Ela já sabe que foi traída, e o pior: com sua melhor amiga. Paolo também sabe que ela sabe.

– Você tá louco? Como é que você vai sair com a Mica?
– Eu não saí com a Mica!

Note:
É fundamental negar. Negar sempre.
Se ela pergunta:

– Como é que você vai sair com a Mica?

E ele responde:

– Porque eu sou um babaca, me desculpe!

O vexame seria o mesmo, mas as proporções do estrago, infinitamente inferiores. Para onde se vai depois disso? No máximo, para a seqüência: tapa na cara > eu te odeio > pega a bolsa > sai. Completamente anticlímax.

Para que a mulher-bomba exploda, o detonador, nesse caso, é tirar dela a verdade. Se você tira a verdade de uma mulher, está tirando-lhe o chão, a realidade. Sem chão, exilada do real, ela é o quê? Uma louca, uma bólide, pronta para se arrebentar na primeira resistência que encontrar.

Então, ele afirma:

— Eu não saí com a Mica!
— Eu vi Paolo. Ninguém me falou, não!
— Viu o quê, mulher? Você tava na China!
— Vi os seus e-mails, palhaço! Vi a sua troca de e-mails com ela.
— Como assim?

Esse "Como assim?" é peça fundamental na detonação. Diante da verdade mais radiante, faça-se de tolo. Não há sangue de barata que resista a tamanha provocação.

— Não se faça de estúpido, pelo amor de Deus! Não mais do que você já é. Eu entrei no seu computador, descobri a senha e vi que vocês combinaram de sair no dia 25, sábado, pra jantar.

Esta é uma reação-padrão: a mulher-bomba, nesse momento, se apega a detalhes ínfimos, pequenas provas do crime, que atestam que ela não está louca. É sua tentativa desesperada de se ater à realidade.

Uma estratégia arriscada de desativação seria o contra-ataque:

— E desde quando você fuxica os meus e-mails? Que absurdo! Sabia que isso é crime? Invasão de privacidade? Dá cadeia?

Mas esse contra-ataque, além de neutralizá-la, fazendo com que ela imploda instantaneamente, é uma confissão de culpa. Ou seja: duplamente desinteressante, já que nós queremos é que ela exploda.

Então, a estratégia é seguir na mentira, agora acoplada ao último passo em direção ao ferro que se empurra para dentro da caixa, ao botão que se aperta, e... BUM!: a mulher explode.

3º PASSO

Chame ela de louca.

Diante da realidade mais cintilante, da verdade, de provas límpidas e irrefutáveis do seu crime, negue, negue, negue e diga que ela está louca.

Esse é o fósforo que acende a dinamite: o momento em que, com o real gritando, com as provas que ela se humilhou tanto para conseguir, com tudo isso sendo esfregado na sua cara, você tira o corpo fora e a chama de louca.

Este tipo de atitude faz qualquer mulher perder a razão.

– O que é isso? Você está louca?
– Louca eu? Eu vou matar você!
– Eu não troquei e-mail nenhum.
– Como não? Como não? "Então na varanda do Babette, às nove?"

Desdenhe, espezinhe a inteligência dela, afirme que ela está louca, com desprezo.

— Babette? Que Babette? Você está louca! – ele diz com desprezo e dá as costas para ela.

E pronto:
se você usou o elemento surpresa;
deixou pistas sofisticadas;
negou o inegável;
mentiu;
chamou-a de louca diante de provas incontestáveis do seu crime;
e se ela veio até aqui enredada no seu jogo;
BUM!: ela explode.
Não existe outra possibilidade. Não há mulher que não exploda nestas condições.

Fácil, não?
Com um pouco de treino, você conseguirá a sua explosão sempre que quiser.

Esta é uma cena clássica de explosão de carreira. Uma das explosões mais sexies que se pode conseguir. Desastre de grandes proporções.

No entanto, depois do período regulamentar de execração pública, tudo volta ao normal. Com vantagens, tais como:

> a) O olhar de respeito dos homens, afinal... "Algum truque esse cara tem, para um mulherão desses ficar assim por causa dele."

b) A curiosidade das mulheres: "Ele é desprezível. Podre. Nojento. Mas... um homem que desperta tamanha paixão numa mulher... Alguma coisa esse cretino tem. E..., e... o que será que esse cara tem?"

É o potencial. A atração pelo abismo. Nada como uma explosão para deflagrar mulheres-bomba em potencial.

Aprenda: também nesta seara, a gente colhe o que planta.

… — 3 —

O WOMANBOMBER NO DESVIO SEXUAL

É preciso fazer aqui uma diferenciação entre o *womanbomber*, o praticante de sadomasoquismo e o libertino.

Para o último, lutar contra a resistência da dama era um afrodisíaco extremamente potente, e sua completa destruição, o intuito maior. Mas o gozo obtido com a destruição do objeto do desejo vinha invariavelmente acompanhado de culpa lancinante, nem que fosse no final da vida.

Já para os sadomasoquistas, o pacto é fundamental. Não existe prática sadomasoquista sem consentimento do dominado. É necessário que haja total aceitação por parte do dominado no jogo de castigos, maus-tratos e punições que, com o uso de uma palavra-chave ou código preestabelecido devem ser suspensos imediatamente. O limite da dor e das violações não é dado pelo dominador e sim por seu parceiro. O que faz com que o dominado tenha a chave da brincadeira, e, em última instância, poder sobre o dominador.

No caso do *womanbomber* não há consenso entre dominador e dominado, muito menos culpa após a explosão, já que ela causa destruição bilateral – quase como um orgasmo atingido pelas duas partes ao mesmo tempo. Fato que faz do *womanbombing* um ato de amor.

— 4 —

OPERAÇÃO CASADA: DISPOSITIVO DE DETONAÇÃO A LONGA DISTÂNCIA + BOMBA DE EFEITO RETARDADO
OU
FAÇA PROMESSAS QUE VOCÊ JAMAIS CUMPRIRÁ

Sergio era um talentoso escritor sexagenário que, como quase todos os outros, precisava fazer malabarismos para proporcionar uma vida decente para ele e sua família. No processo de bancar a dignidade burguesa, conheceu Daniela, uma mulher de trinta e poucos anos, no trabalho.

Depois de meses lançando olhares de predador sofisticado, e torpedos literariamente selvagens, Daniela finalmente sucumbiu, numa viagem de negócios, entre uma caipirinha de frutas exóticas e outra, num cenário paradisíaco tropical.

Do dia em que ela capitulou em diante, os almoços da dupla foram transferidos para a casa dela, onde o casal entrava a tarde se devorando. (Alguém que contrata um escritor sabe de antemão que os horários não serão cumpridos à risca.)

Durante meses, não falaram de nada: nem de trabalho, nem do passado, e muito menos do futuro. Mas como este último é a droga mais consumida na sociedade ocidental, não tardou a aparecer, entre um orgasmo e outro.

"Eu quero ficar com você para sempre", ele declarou, da primeira vez que o assunto veio à baila. "Mas preciso de um tempo", completou. O coração dela estremeceu de alegria.

Dia após dia, o ritual se repetia: sexo, juras de amor, banho, almoço, "Eu quero ficar com você para sempre. Mas preciso de um tempo", coração trêmulo de alegria.

Como Daniela não era trouxa e Sergio menos ainda, ele sabia da necessidade de progressão dramática nesse enredo. Então, depois de mais ou menos um ano, sentiu que o "Eu quero ficar com você para sempre. Mas preciso de um tempo" já estava gasto, e acrescentou um novo elemento à trama: CARTAS, ao mesmo tempo ternas e picantes, que ela respondia com densidade magmática e velocidade de taquígrafa. Com a correspondência, Sergio criou uma espécie de vício em Daniela, que ansiava pelas folhas de papel escritas à mão, com a avidez de um dependente químico.

Inteligente e tarimbado, o escritor não parou por aí. No exato momento em que as palavras "quando" e "separação" reapareceram entre o "me passa o sabonete" e "que delícia essa salada", Sergio usou de mistério. Todo autor sabe que, quando bem introduzido, o mistério cria suspense, prende o leitor à trama, e é capaz de levá-lo a cumes e abismos, aos quais o pobre se submete hipnotizado.

Daniela, leitora fiel, seguiu a trilha do hábil ficcionista, fascinada.

No caso, o mote era um tanto mexicano – que pode ser bastante criticável em literatura, mas cabe perfeitamente em conluios amorosos. Uma espécie de pacto, dívida, que ele tinha para com a esposa, envolvendo assunto de vida ou morte.

A delícia extra para Sergio era que, até então envolvido em tramas comportamentais, ele nunca tinha se aventurado no gênero mistério folhetinesco.

Como uma leitora de Agatha Christie, Daniela mimetizou Hercule Poirot, e consumiu horas dos seus finais de semana solitários em conjecturas sobre a motivação do pacto tão fortemente firmado entre Sergio e sua esposa.

"Será que é porque a mulher virou enfermeira quando ele caiu doente e quase morreu?" "Talvez seja porque ela é muito mais nova, perdeu a juventude ao lado dele, e agora que o homem está velho..." "Teria ele medo de envelhecer sozinho?" "Ou é coisa de dinheiro?" "Será que quando ele estava morrendo, colocou tudo no nome dela para burlar o imposto de renda sobre heranças?" As possibilidades se multiplicavam na sua cabeça, sem conclusão.

Com esta estratégia, Sergio ganhou um ar de protagonista de filme *noir* e um ano inteiro de almoços na casa de Daniela, com todos os acompanhamentos a que tinha direito.

Feliz e indolente, cometeu um erro crasso, imperdoável a bons escritores: relaxou. Não tratou de encontrar novos complicadores para dar fôlego à história e, ao contrário dele, que emagrecera a olhos vistos graças aos almoços frugais, sua trama criou barriga.

Assim como o prazo de validade do "Eu quero ficar com você para sempre. Mas preciso de um tempo" tinha se esgotado, o do respeito ao pacto de vida ou morte também passou. Daniela não queria mais saber de mistérios.

Autor descuidado, Sergio tinha perdido o *timing* do suspense e, com ele, a leitora. Agora, quem estava dando as cartas na trama era Daniela, que o ameaçava com palavras ditas e escritas, em papel fino com monograma: "Se você não largar a sua mulher, eu largo você." Uma excelente virada para um folhetim.

Mas Sergio tinha uma terrível deficiência profissional: não sabia funcionar sob pressão. Diante das ameaças de Daniela, em vez de sair-se com uma reversão de expectativa, uma contravirada, um novo complicador, uma nova personagem sinistra e misteriosa, um elemento mexicano como um câncer do lado de lá, uma doença de pânico, uma gravidez inesperada ou uma pequena criancinha que havia sido adotada e não poderia ficar sozinha, o que o escritor teve foi um bloqueio criativo.

Por conta de sua inércia, Sergio perdeu as rédeas da história.

Tentou truques batidos, como insistir no banho-maria, sem sucesso. E quando, combalido, voltou ao desgastado "Eu quero ficar com você para sempre. Mas preciso de um tempo", foi fatal.

Assim como um livro que perdeu totalmente o interesse do leitor, Sergio foi jogado da cama para o chão, três anos depois do primeiro capítulo no paraíso tropical. Daniela não queria mais uma linha daquilo.

Sergio fora abandonado.

É comum na vida dos escritores – Sergio deveria saber – que a trama seja planejada para seguir numa direção, mas que, no desenrolar da história, um personagem ganhe vida própria e se recuse a trilhar os caminhos para ele designados, optando por criar os seus próprios. Um bom autor sabe ouvir e acatar os desejos de um personagem forte. Nem que seja para, lá na frente, entender que o personagem estava errado, e obrigá-lo a voltar para os trilhos. Só um escritor muito arrogante, displicente ou covarde não seguiria o chamado de um personagem que decide explorar outras possibilidades da trama. É uma aventura que faz parte da graça de escrever.

No entanto, talvez não se possa aplicar na vida as leis da literatura. Sergio não ousou. Perdeu o pé da história e, com ele, sua leitora-personagem.

As tentativas de trazê-la de volta para o seu enredo, durante meses, foram patéticas: intensificou a correspondência que mantinham, só que agora as cartas tinham mão única; arrojou os olhares de predador sofisticado, que foram minguando para olhares de cachorro vira-lata; mandou recados cifrados por colegas de trabalho; tentou envolver várias amigas, e até a empregada de Daniela entrou na trama. Tudo em vão.

Daniela não respondia a cartas, e-mails, olhares, chantagens emocionais ou o que quer que viesse dele.

Como um personagem dantesco, Sergio desceu aos infernos da solidão e do exílio do mundo luminoso dos almoços a dois. Não havia paparico de restaurante da moda que se comparasse à comidinha caseira que ele não poderia mais saborear.

Todos os trunfos gastos, todas as fichas perdidas para a mesa, ódio e rancor foram tomando conta do seu coração. Sergio, então, resolveu usar do único poder que ainda tinha para se vingar, e começou a escrever um livro. Se não conseguia mais ter a intensidade dela por bem, teria por mal. Finalmente este caso veria uma reviravolta digna do escritor consagrado que ele era.

Não, não seria um livro açucarado contando a aventura dos dois. O momento mexicano já havia passado quando ele perdeu as rédeas da história. Se na vida real suas tendências eram folhetinescas, na literatura, sem a pressão das circunstâncias, era o senhor absoluto e refinado da sua narrativa.

Optou por um enredo contemporâneo, com protagonista louco. Daniela, encoberta por outro nome, seria sua personagem a contragosto. Para aprisioná-la para sempre na sua história, usou bem mais do que fatos reais ou imaginação, lançou mão das cartas que ela havia escrito para ele, sem mudar uma vírgula.

Para coroar seu atentado, como a cereja por cima do bolo, dedicou o livro a sete pessoas. Nenhuma delas, Daniela. Não fez menção a ela, não lhe ofereceu um agradecimento sequer.

Finalmente, mandou um exemplar do livro para ela, quentinho, recém-saído do prelo, com a seguinte dedicatória: "Com saudades, Sergio".
Touché.
O escritor conseguiu o que queria. Despertou na ex-amante a paixão de um vulcão em erupção, que orgasmo algum jamais havia causado, nas mais de setecentas tardes que passaram juntos.

Ela, que já havia se demitido do emprego para livrar-se das investidas dele, teve vontade de invadir o escritório armada com uma submetralhadora Uzi, disparando na cabeça, no coração, no sexo, e, principalmente, nas mãos do infeliz.

Depois, achou que seria melhor aparecer na noite de autógrafos. Pensou em tiros, em escancarar um *trench coat*, sem nada por baixo, enquanto faria revelações bombásticas. Ponderou que seria melhor estar com uma lingerie diabólica, que soaria mais sexy e menos *freak*. Então, pensou em fazer sexo explícito encostada na estante de literatura estrangeira da livraria, com um homem JOVEM e marombado, para matá-lo de ódio.

Finalmente, optou por uma solução digna da personagem que ela queria ser, e não daquela, aprisionada na ficção de outrem, refém das ações de gosto duvidoso do ex-amante. Ele não perderia por esperar.

Sergio, por sua vez, alimentou fantasias de enredo semelhante. Mais maliciosas e elaboradas, elas terminavam invariavelmente com Daniela, descontrolada, sendo arrancada da noite de autógrafos à força por ele, que a possuía na rua, com violência, para acalmá-la. Era sempre um momento muito quente do dia, a hora da fantasia.

A noite de autógrafos, lotada, transcorreu normalmente. O jantar mais tarde com amigos e tietes, também. No escritório, tudo era tranqüilidade. Na caixa de mensagens e no correio, nem sinal do nome de Daniela. Decorrida uma semana do lançamento, a paz reinava na vida de Sergio.

Inconformado, ele ligou mais uma vez para se humilhar diante da empregada. "Não, a Daniela tá ótima. Tá muito bem, sim, senhor. Não tá doente, não. Ah, isso eu não posso falar. Se o senhor quiser saber se ela tá namorando, vai ter que perguntar pra ela."

Teria Daniela escolhido o desprezo? Teria esquecido tudo o que houve entre eles tão rapidamente? Seria ele tão desimportante a ponto de tamanha investida não receber nenhuma represália?

A resposta para as suas perguntas não tardou a chegar. Dez dias depois do lançamento do livro, Sergio abriu a porta de casa e sentiu o choque: a sala estava completamente destruída. Objetos quebrados no chão, móveis derrubados, estofamentos rasgados. Antes que pudesse se recuperar deste golpe, recebeu outro, pelas costas. Algo havia se quebrado nas suas vértebras cervicais. Um vaso? Virou-se rapidamente e viu a mulher desgrenhada, olhos esbugalhados, narinas dilatadas. "Seu porco!", berrou como uma samurai, atirando seu corpo de quarenta anos sobre o de sessenta e três dele, levando-o ao chão. Estatelado, agora também com as vértebras lombares prejudicadas, deu de cara com uma folha de fax que, como um tsunami, vinha do corredor central do apartamento, se apoderando da sala.

"Lê, seu porco. Lê a sua literatura!", ordenou a esposa, babando.

De quatro, ele reconheceu a primeira carta que mandara para a amante, anos atrás.

Esta carta, que considerou cheia de bossa e excelentemente escrita, vinha colada a uma resposta dela (a famosa página 62 de seu livro), que por sua vez estava presa a uma carta dele, e a outra resposta dela, e a outra, e a outra... que ele foi reconhecendo enquanto engatinhava pelo assoalho da sala, passando pelo corredor, pela porta da cozinha, do lavabo, da sala de TV, do quarto dos netos, até chegar ao escritório, onde elas se empilhavam embaixo da mesa e continuavam a sair do rolo de papel do fax, que se recusava a acabar. Ao todo, já se amontoavam na casa uns dez metros ininterruptos de cartas, quando ele, num ataque de ira, jogou a máquina de fax na parede, e a coisa finalmente parou.

"Eu vou fazer você engolir cada centímetro desse papel, seu cretino!", a esposa gritou lá da sala. "Isso vai te custar metade dessa casa, do sítio e 30% do seu salário em direitos autorais. Meu advogado vai fazer picadinho de você seu plagiador nojento!"

ATIVAÇÃO

Este exemplo é bastante elucidativo, pois prova que até um péssimo material pode ter alto teor explosivo. Sobre a escolha do material ideal, leia o capítulo 10.

Mulheres que se envolvem com intelectuais, a priori, não são muito dotadas de potencial para explodir. Vide o exemplo da escritora e feminista Simone de Beauvoir, cujo companheiro, o escritor, pensador e dramaturgo Jean-Paul Sartre dedicou cinqüenta anos de sua existência à tarefa de detoná-la, sem sucesso.

Talvez o erro de Sartre tenha sido faltar com o ingrediente-chave na construção de uma mulher-bomba, que é a mentira.

Sartre acreditava em relações abertas e, por isso, não achava necessário esconder seus *affairs* da companheira.

Como já explicamos anteriormente:

Sem mentira, não se vai a lugar algum. É fundamental mentir e negar. Sempre.

Portanto, Sergio começa muito bem, mentindo.

A frase: "Eu quero ficar com você para sempre. Mas preciso de um tempo", usada à exaustão, foi um trunfo excelente.

Um bom material, depois de poucos meses da repetição mântrica de "Eu quero ficar com você para sempre. Mas preciso de um tempo", reforçada pela ausência de qualquer movimento em direção à concretização da promessa contida na frase, teria explodido facilmente. Mas Daniela foi uma má escolha.

O que acontece quando percebemos que fizemos uma má escolha do material explosivo?

Podemos abortar a missão, deixando a mulher de lado, ou aceitamos o desafio e seguimos em frente, com o intuito de nos tornarmos mestres nesta arte.

É preciso ter em mente que um grande estrategista, um *expert*, não se forma só com uma sucessão de acertos. O fracasso nos ensina muito, sempre. Não se deve jamais desprezar o poder instrutivo do fracasso. Dele, saem a compreensão das nossas falhas e a superação de limites. Além de novos pontos de vista e estratagemas mais ousados.

Se você quer ser um *womanbomber* de primeira linha, tem que aprender a correr riscos. Não estamos falando, obviamente, dos riscos intrínsecos de uma explosão. E sim do risco de falhar, depois de um grande investimento de tempo, libido e dinheiro, na montagem da sua mulher-bomba.

Voltando ao caso de Sergio e Daniela, depois de perceber que o uso do "Eu quero ficar com você para sempre. Mas preciso de um tempo" não foi o suficiente para explodi-la, Sergio tomou um caminho arriscado.

A criação do mistério-mexicano-folhetinesco encontrou uma mulher que, naquele momento, ainda não havia explodido, mas apresentava um bom potencial de combustão, e deu-lhe uma desativada. Esta estratégia pode ser considerada como um erro, já que retardou bastante o momento da explosão.

Às vezes – é bom que você saiba –, nos envolvemos com o objeto, numa espécie de Síndrome de Estocolmo invertida, tornando-nos dependentes de nossas vítimas. Uma falha muito desabonadora na carreira de um *womanbomber*.

Porém, como diz o ditado: tudo vai bem quando acaba bem. Como Daniela explodiu, podemos entender o mistério-mexicano-folhetinesco como o golpe de um predador experiente, curtido em anos, capaz de não se afobar em devorar sua presa, saboreando cada momento da conquista.

Afinal, ao fim de tudo, o mistério-mexicano-folhetinesco foi compreendido como mais uma mentira usada para enrolar a vítima que, por este motivo, ficou ainda mais irritada no seu processo de ativação.

Tudo o que foi mostrado até agora é o básico, comparado aos próximos passos de Sergio. Neles, ele demonstrou toda a sua arte e domínio da técnica.

A escolha de escrever um livro, a opção por um tema distanciado do caso amoroso deles, e o golpe de mestre: o roubo das cartas associado à recusa em dar crédito ou dedicar o livro à Daniela, colocam esta história em outro patamar.

Por quê?

Porque Sergio trabalhou em níveis mais sofisticados de instigação. A ativação, neste caso, foi intelectual e a longa distância. Além de tocar na vaidade e na auto-estima, mexeu com invasão de privacidade, necessidade de reconhecimento, disputa autoral e desprezo pela musa, esferas pouco freqüentadas por *womanbombers*.

A mulher-bomba costuma explodir com o coquetel mentira-traição. No entanto, quando a traição não é sexual e sim intelectual, quando Sergio rouba cartas de amor, eróticas, e as expõe demonstrando total falta de respeito à privacidade da amante, a traição ganha outra dimensão. É uma exposição pública. E, note: se ele tivesse usado as cartas e dedicado o livro a ela, a história teria tido outras possibilidades de se desenvolver. Havia grandes probabilidades de Daniela ficar envaidecida e não explodir.

A negação da dedicatória ou de qualquer espécie de agradecimento traz consigo uma declaração velada: "Seu nome não está aqui porque respeito a minha esposa." Esta declaração traz a reboque duas outras:

1) "Não respeito suas cartas e as copio;
   a) Não respeito seu amor e seu erotismo e os exponho;
   b) Não respeito você."
2) "Minha mulher é mais importante do que você."

Como já demonstramos anteriormente, desprezo e desdém são fatais. Pronto: ela explode.

Como você pode constatar, mesmo um péssimo material, quando bem manipulado, pode explodir gloriosamente. No caso: uma bomba de efeito retardado, numa explosão muda – trabalho tão sofisticado quanto o do *womanbomber*.

Este caso pode ser catalogado na categoria máster. Portanto, não tente fazer em casa, sem antes ter explodido pelo menos umas quatro ou cinco mulheres, usando técnicas menos complexas.

Quanto às conseqüências: uma esposa que durante três anos não percebe que o marido tem um caso com outra, obviamente não se separa. Não há ira que uma jóia e alguns jantares, somados a uma ou duas transas bem dadas, não dissipem.

Síndrome de Estocolmo Invertida:

A Síndrome de Estocolmo é um estado psicológico particular desenvolvido por pessoas que são vítimas de seqüestro. A síndrome se desenvolve a partir de tentativas do seqüestrado de se identificar com o seu captor ou de conquistar a simpatia do seqüestrador.

No caso da Síndrome de Estocolmo Invertida (SEI), o *womanbomber* se identifica com a vítima, tornando-se dependente dela.

A Síndrome de Estocolmo Invertida, então, poderia parecer-se à primeira vista com o sadomasoquismo já que, no último, dominado e dominador são co-dependentes e existe claramente, durante todo o tempo, um jogo de poder. Só que, no caso da SEI, como não há consentimento da vítima, que é totalmente inconsciente da trama onde está se metendo, o caso é mais grave, porque o dominador passa a ser dominado por um dominado que não sabe que é dominador – uma situação psíquica calamitosa, de extrema vulnerabilidade, quase como pegar uma ponte aérea e descobrir que o avião está sendo pilotado por um camicase.

— 5 —

A DIVA AMERICANA

Nossa diva, a mulher-bomba conceito, é Lisa Nowak, a astronauta americana presa em fevereiro de 2007, acusada de tentativa de homicídio em primeiro grau, por investir contra a vida da capitã da Força Aérea, Colleen Shipman – a nova namorada de seu amante, o astronauta William Oefelein.

É ele, na verdade, nosso líder espiritual – o detentor de todas as honras deste livro, por ter sabido escolher material tão espetacularmente explosivo. Também, não admira: só em pensar na quantidade de combustão necessária para fazer decolar um foguete, tirá-lo da atmosfera da Terra e lançá-lo no espaço sideral, já dá para ter idéia do potencial contido em uma mulher que faz desse fogo no rabo em direção ao cosmos, seu meio de vida.

Infelizmente, depois de muitas tentativas de falar com nosso *womanbomber-mito*, e de amargar dezenas de negativas, tivemos que nos conformar com o lado oficial da história. Ou seja: a versão que privilegia o lado de Lisa que, cá entre nós, é mesmo o mais sensacional.

No entanto, como um exercício avançado que realizaremos com a experiência adquirida até aqui, podemos tentar supor os passos deste mestre 5º Dam na arte de mandar mulheres pelos ares.

O que sabemos:

Depois de perseguir Colleen Shipman e de ser presa por tentativa de assassinato, a astronauta Lisa Nowak, 42 anos, casada, mãe de três filhos e com dez anos de serviços prestados à Nasa, recebeu licença de 30 dias do emprego e foi dispensada de toda e qualquer atividade relacionada às missões espaciais.

Pois bem, vamos dissecar o caso:

William pegou primeiro Lisa e, quando ela estava em suas mãos, pegou Colleen também, e deixou que a sra. Nowak descobrisse.

Sendo ela casada, podemos imaginar a argumentação:

– Você tem a sua família, seu marido, seus filhos. E eu, quando chego em casa, me sinto sozinho como a cachorra Laika, perdido no espaço, a um passo de me desintegrar!

Não contente, William enfiava mais fundo a faca:

– Eu não agüento mais essa solidão. Se você se separasse e viesse viver comigo... Mas eu te proíbo de fazer isso, porque não agüentaria a culpa. Eles te suspenderiam dos vôos espaciais, por causa do divórcio. E você não é mais uma garota, não pode ficar o pouco tempo que te resta na geladeira. É horrível ter que pensar assim, mas... a Colleen é solteira, não tem filhos, é jovem e me ama. Eu nunca teria deixado acontecer, se a gente tivesse alguma chance de ficar junto.

O QUE RETIRAR DESTA LIÇÃO?

A) Leve-a ao limite

William tem uma relação com Lisa, que tem compromissos profissionais muito importantes. De posse desta certeza, sabe que ela, mulher, bem-sucedida, que lutou loucamente por dez anos para chegar onde chegou, num território predominantemente masculino, jamais conseguiria abrir mão de sua posição para ficar com ele – mulheres que largam carreiras por relações amorosas não se tornam astronautas. Se tivesse esse perfil, Lisa Nowak teria tomado bomba no primeiro exame de admissão da NASA.

Sabendo disso, Oefelein age meticulosamente para que a astronauta Nowak fique perdidamente apaixonada por ele.

O caso amoroso principia com um contato suave, lúdico, na câmara de simulação de ausência de gravidade. As mãos se tocam, ele pisca, ela ruboriza e embaça o capacete.

Em seguida, ele começa a fazer elogios à sensualidade dela:

– Você me deixa louco, Lisa. Pra mim não existe nada mais sexy do que você dentro desse macacão.

Para uma mulher que nunca usou um vestido, e vive embalada em sacos à prova de ereções, este elogio é um chamado à feminilidade, há muito deixada de lado, quando sua libido foi totalmente direcionada para chegar à Lua. Gradualmente, Lisa vai ficando mais sensual e passa a tirar o capacete com os trejeitos de Jaclyn Smith, do seriado *As panteras*.

Aos poucos, William começa a sussurrar palavras românticas nas simulações de vôo. Baixinho, para que os controladores não escutem, vai circundando a vítima com suas declarações. Ela, vidrada, aprende leitura labial, para não perder um "a".

A primeira investida mais contundente acontece quando Oefelein invade o vestiário feminino e encontra Nowak seminua, de lingerie e capacete. Ele arranca dela capacete e sutiã, aperta seu corpo contra a parede e beija-a com fúria e desejo enorme, perceptível mesmo através do macacão. Lisa perde todo o controle sobre seu corpo e quer ser possuída ali, na NASA, entre armários e chuveiros, naquela hora. William, levando-a à loucura diz que quer tê-la fora do mundo, no espaço sideral.

A esta altura, a pobrezinha já saiu de órbita: não dorme mais, mal olha para as filhas, tem dores de cabeça toda vez que o marido se aproxima. Sua obsessão: sair em uma missão espacial com Oefelein, o quanto antes.

Lisa é a astronauta que se sai melhor em todos os testes daquele ano: físico, neurológico, psiquiátrico, disciplinar, de resistência, concentração, foco, tranqüilidade. A NASA se encanta com seu aproveitamento.

No mês seguinte sai a escalação para o Projeto *Full Moon*, que Lisa, secretamente, apelida de *Honey Moon*: os dois, numa nave, sozinhos, por sete longos dias. E noites.

William, o mais admirável dos *womanbombers*, sem que ninguém perceba, no segundo dia em órbita, quando a energia entre eles está faiscando, desliga a câmera que os monitora. Em seguida, comunica-se com a base:

– *Houston, we've got a problem* – e tampa o microfone.

Houston entra em colapso por duas horas e meia. A pulsação e as ondas cerebrais dos dois vão a pico: primeiro as dela, depois as dele – o que comprova a teoria do dr. John Smith, médico da NASA, de que as mulheres são umas histéricas e não podem sair em viagens espaciais. A equipe técnica constata que, se não houver nenhuma mudança no quadro, eles podem perdê-los.

De repente, pulsações e ondas cerebrais voltam ao normal.

– O pior já passou. Eles estão encontrando uma solução!
– A equipe de técnicos e cientistas da NASA comemora.

Quando a comunicação com a nave espacial é restabelecida, o fog na cabine denota alguma coisa que os cientistas não conseguem entender.

– A nave foi invadida por poeira de estrelas! Eu vi estrelas!
– explica a astronauta Lisa Nowak, numa frase quase tão poética quanto: – *It's Blue!* – de Iuri Gagarin, ao ver a Terra, do espaço, pela primeira vez.

Dois meses depois deste dia, em meio a um caso tórrido, o nome de Colleen, a capitã da Força Aérea, começa a surgir nas conversas entre William e Lisa. E segue aparecendo, aparecendo, aparecendo, junto a alusões à brilhante carreira de Lisa, à importância que ela tem para a NASA, para as feministas e para as mulheres do mundo todo. Sempre acompanhadas de importantes colocações sobre a idade de Lisa, a juventude de Colleen e blablablá.

Assim, a astronauta Nowak entra num crescente de angústia e ansiedade, dividida entre amor, tesão, família, a NASA, os 10 anos que dedicou a chegar onde chegou, o feminismo...

B) Quando ela estiver no limite, abandone-a

É neste momento que William anuncia, por e-mail, que vai viver com Colleen.

Lisa, desesperada e se sentindo culpada pela perda do amante, decide que a história não vai ficar assim.

No Texas, a sra. Nowak entra em seu carro, com dois comprimidos tarja preta e três Redbull na cabeça, devidamente vestida em fraldas da NASA – uma versão *über-geriatric-high-tech-space-anti-gravitational* da Pampers – e dirige 14 horas, engolindo calmantes e excitantes como quem come M&M's, sem parar num banheirinho sequer, até o aeroporto de Miami. Onde Colleen desembarcaria, depois de um final de semana romântico com Oefelein em Houston. Em seu porta-malas, a astronauta leva uma pistola de ar comprimido, uma faca, sacos de lixo, e... um spray de pimenta. O objetivo da missão: matar a capitã da Força Aérea que estava roubando o seu homem.

Quando Colleen aterrissa, Lisa já está no desembarque, de tocaia. A capitã da Força Aérea, uma oficial treinada do exército americano, que de boba não tem nada, rapidamente percebe que está sendo seguida. Treinada em movimentos de guerra, ela corre e entra em seu carro, antes que a astronauta maluca a alcance.

Agora percebam o que é uma mulher-bomba bem acionada: toda essa perseguição se dá num aeroporto americano, depois do 11 de setembro, sob a vigilância de guerra à qual eles vêm sendo submetidos. Quando entra em fase de pré-explosão, a mulher-bomba perde completamente o contato com a realidade e, sobretudo, a noção de perigo, como um carrinho de controle remoto guiado por *Chucky* – o boneco assassino. Por isso, elas são os brinquedinhos mais adoráveis que um homem pode ter.

Colleen, trancada em seu carro, dá a partida. Mas por uma perversão qualquer, não resiste e vira-se para ver a imagem patética da mulher, em pé, parada ao lado da janela do seu carro com os olhos injetados, em prantos. Diante da visão da astronauta brilhante reduzida a uma Denise Stocklos depois da Terceira Guerra Mundial, Colleen fraqueja e abre a janela. "O que foi?"

Neste momento, Lisa dispara o spray de pimenta, que cega momentaneamente a adversária. Quando vai investir violentamente sobre a inimiga, os seguranças do aeroporto paralisam a astronauta, com armas apontadas para ela.

No interrogatório, na delegacia, Lisa jura que sua intenção não era a de matar Colleen, e sim de ter uma conversa com a rival. A polícia, então, pergunta o porquê do spray de pimenta espirrado na cara da vítima, e ela é obrigada a confessar: *This was really stupid* (Isso foi realmente uma estupidez).

"Nossa relação é mais que uma amizade e menos do que um caso", é a legenda que acompanha a foto em todos os jornais do planeta, onde se percebe, impressos no rosto de Lisa, os efeitos do ciúme, da loucura e de 14 horas dirigindo sem uma paradinha, sequer. Isso, sem mencionar a Space Pampers, que a esta altura devia estar num estado ainda mais deplorável.

William Oefelein não precisou dar muitas explicações à NASA, uma vez que as fotos da sra. Nowak no momento da prisão falaram mais do que mil palavras.

— 6 —

MEDÉIA, A MULHER-BOMBA ARQUETÍPICA

Medéia era neta do Sol por parte de pai, o rei Eetes, de Cólquida – uma terra bárbara fora dos domínios gregos.

Estava ela vivendo tranqüilamente sua vida quando, circa 420 a.C.,* seu reino foi invadido pelos argonautas, comandados por Jasão, outro príncipe bárbaro, filho de Esão, rei de Iolco. Não se sabe muito bem como aconteceu, já que os registros foram desaparecendo ao longo da história. O que se pode afirmar ao certo é que, enlouquecida de desejo por Jasão, Medéia renegou o pai, matou o irmão, facilitou as coisas para o inimigo e depois fugiu com ele.

Até sua chegada à Grécia, o casal aprontou uma sucessão de males por onde passou, lutou contra touros de patas de bronze e bocas de fogo, e conquistou o Velocino de Ouro para o rei

---
*A tragédia de Eurípedes data de 431 a.C.

Pélias, que acabou assassinado pelas filhas, numa tramóia comandada por Medéia.

Ao desembarcarem na terra de Creonte, rei de Corinto, Medéia já trazia com ela a fama de guerreira e bruxa, e era respeitadíssima por toda a pólis.

O casal teve dois filhos, morava numa mansão, gozava de prestígio, admiração e respeito, tanto da parte do povo quanto do rei.

Nada mal para um homem comum. Mas digamos que, para um guerreiro bárbaro e sanguinolento como Jasão, acostumado a vencer monstros em batalhas, essa calmaria poderia ser traduzida como a morte em vida – ele provavelmente devia estar de saco cheio.

Enquanto isso, convencido de que Jasão era o macho alfa mais alfa da Grécia e estando a princesa de Corinto em idade de casar, Creonte resolve escalar o comandante dos argonautas para o papel de príncipe consorte. Para o rei, riquezas e rapapés interessavam menos do que uma hereditariedade brava, forte e lutadora, capaz de proteger a sua terra. Mesmo sem conhecer o conceito de gene, Creonte contava com os de Jasão para as futuras gerações de reis coríntios.

O único obstáculo para a realização de seu desejo era o fato de Jasão já ser casado. Mas os reis realmente não se importam com detalhes. Sendo assim, Creonte armou o casamento do chefe dos argonautas com a princesa, sua filha.

Jasão, entediado que estava, adorou a proposta, e, num piscar de olhos, Medéia, sua esposa e companheira de batalhas, estava descartada.

A ativação da primeira mulher-bomba da história começa neste momento.

PRINCÍPIO BÁSICO

Ativação 1

Tire o sumo da laranja, chupe bem, jogue o bagaço fora e reponha-a por outra, novinha em folha.

Traduzindo: pegue uma mulher jovem, sangüínea, aventureira e apaixonada e case-se com ela. Quando esta mulher vibrantíssima estiver transformada em uma matrona, dona-de-casa acomodada e de quadris largos, troque-a por uma mais jovem e, ainda por cima, princesa, coisa que ela deixou de ser por sua causa.

Furiosa e desesperada com a notícia, Medéia só berrava: Ai de mim! Ai de mim! Ai de mim!, jurando vingança diante das mulheres coríntias.

Medéia (para Coriféia)

(...) Todo mundo sabe que a mulher é delicada, fraca diante da força, panicada frente a uma simples barata. Isso, obviamente, nas condições normais de pressão e temperatura. Porque quando ela é enganada, não existe coração mais violento e irascível. Não há uma criatura neste mundo de Zeus que dê conta do ódio de uma mulher traída!

Creonte, ciente do desastre que sua decisão poderia causar, resolve tirar a ex-mulher de Jasão e sua prole de seu campo de visão.

Veja bem: quando vai expulsar Medéia de seu reino, Creonte já sabe do que ela é capaz.

Creonte (para Medéia)

Tenho medo de você, Medéia. Irada desse jeito, você é capaz de fazer picadinho da minha filha. Sei que você é feiticeira. Já ouvi dizer que está rogando pragas contra mim, Jasão e a minha princesinha. Então, antes que a coisa pegue fogo, prefiro botar você para correr a chorar depois o leite derramado. Conheço bem a sua ficha, sei do que é capaz. Eu podia até dizer que diabo é diabo porque é velho, mas graças a Zeus nós não acreditamos nessa bobagem.

ATENÇÃO:
Na escolha de um bom material explosivo (veja capítulo 10), é fundamental se certificar da extensão do poder deste material. Caso contrário, pode-se tomar por simples dinamite, uma bomba de nêutrons. Se era público e notório que Medéia era bruxa e tinha temperamento revoltoso, convenhamos, Jasão deveria ter tomado mais cuidado.

Talvez possamos atribuir seu descuido ao tédio e/ou ao fato de ser ele, na época, um dos maiores guerreiros da Grécia. Para um homem de tamanha importância, acostumado a batalhas sangrentas, que graça teria um desafio menor do que sua ex-esposa, que já havia inclusive matado um dragão, apenas para beneficiá-lo?

Medéia, espertamente, garante a Creonte que ele não deve temer por si ou por sua filha, afirma que odeia apenas ao marido e pede que o rei não a expulse de Corinto, prometendo obedecer às suas ordens e permanecer calada.

Creonte não acredita em suas promessas e mantém a ordem de expulsão. A mulher apela, pedindo, então, apenas mais um dia em Corinto para planejar sua partida. O rei concede, mas ordena que Medéia parta à primeira luz do sol do dia seguinte.

Esse foi um tremendo erro de Creonte, mas como não é ele quem está ativando esta mulher-bomba, não perderemos tempo com esta falha na nossa didática.

Pouco depois da partida de Creonte, chega Jasão, para falar com Medéia.

Jasão

Agora você veja que desastre é esse seu temperamento de cão. Por exemplo, você bem que podia continuar morando nesta terra e nesta casa, se soubesse ficar quieta e obedecer à vontade dos seus superiores. Quem te expulsa de Corinto não somos nós, que somos até bem legais. É essa sua maldita boca grande e esse seu texto ridículo de mulher traída.

E segue dizendo que ele é bom, que só quer o seu bem, acusando-a de imponderada e afirmando seu amor por ela.

Ativação 2

Vire o jogo, trate-a como uma pessoa alterada que se recusa a enxergar a realidade. Faça parecer que ela é a louca, a disfuncional, a pessoa que, por ter um gênio ruim, está causando seu próprio infortúnio.

Ativação 3

Tripudie.

Jasão

(...) que saída mais genial eu poderia encontrar, eu, um imigrante, do que me casar com a filha do rei? Deixa de ser egocentrada e presta atenção: eu não fiz isso pra te humilhar, desprezar ou ofender, como você anda berrando por aí. Nem porque ela é mais jovem ou porque queria mais filhos e você já passou da idade. O que fiz – sua louca – foi para que a gente pudesse subir na vida. Para que os nossos filhos fossem irmãos de príncipes, você ex-mulher de um futuro rei, todos de uma família só, e felizes numa união perfeita.

Ativação 4

Faça pouco da inteligência dela. Trate-a como uma completa débil mental.

ATIVAÇÃO 5

Minta, minta, minta. Sempre. A negação da realidade é um detonador poderosíssimo. Porque seqüestra a mulher do real e atira-a no campo do nonsense. Ou seja: da loucura. Sua reação é lutar pela sanidade: eu não estou louca, eu não estou louca! EU NÃO ESTOU LOUCA! E é exatamente esta luta interna contra as suas mentiras que vai tirar dela a estabilidade mental. Insana, a mulher só precisa de um peteleco para explodir.

O discurso de Jasão deixa a ex-esposa ainda mais ultrajada e furiosa. O que faz com que ela avance cinco casas rumo à explosão.

Por uma sorte dessas que só acontecem na ficção, Egeu, rei de Atenas, voltando do oráculo de Apolo, cheio de problemas na cabeça, dá uma passada pela casa de Medéia, e, em troca da promessa de solução para os males que o afligem, oferece a ela asilo em sua terra.

Com o destino final da sua rota de fuga garantido, Medéia chama Jasão de volta à mansão, afirma ter compreendido que o casamento do ex-esposo com a princesa também convém a ela e às crianças, elogia o talento de estrategista do ex-marido, e, por fim, pede que os filhos não sejam expulsos de Corinto.

ATENÇÃO:
Uma mulher perigosa, que blasfemava, amaldiçoava e jurava vingança minutos antes, jamais mudaria de idéia e passaria

à doçura em tais circunstâncias. É humana e mitologicamente impossível. Se, de uma hora para outra, Medéia mudou de procedimento, não havia como se enganar: era chumbo grosso que vinha pela frente. O que nos leva a crer que Jasão, diante deste movimento da ex-esposa, antevê sua explosão e deixa os acontecimentos correrem soltos.

A Explosão

Medéia manda os filhos ao palácio da princesa para pedir que não sejam desterrados junto com ela. As crianças levam consigo um manto de fino tecido e uma coroa de ouro, presentes nobres e raros dados pelo deus Sol aos seus antepassados.

A princesa aceita os presentes dos filhos de Medéia, e, assim que se vê sozinha em seus aposentos, coroa-se e veste o manto. Imediatamente após tocá-los, fica branca, começa a tremer, revirar os olhos e a babar uma espuma gosmenta. Em segundos, a coroa se transforma em labaredas e o manto se cola em suas carnes, numa cena monstruosa, que termina com a princesa caída ao pé do trono, completamente tostada.

Creonte, ao ver a filha flambada no chão, atira-se sobre seu cadáver, abraçando-a. Depois de muito lamentar e praguejar contra os deuses, ao tentar levantar-se, o manto em chamas envolve seu corpo e não há mais como livrar-se dele. Em poucos instantes, o rei cai morto ao lado do cadáver da filha.

Ao saber do sucesso de sua operação, já com os filhos de volta ao lar, Medéia finaliza seu plano de vingança, degolando-os.

Jasão, já completamente irado com a morte da noiva e do sogro, chega à casa de Medéia para vingá-los e descobre que acabara de perder, também, os filhos. Pronto para fazer picadinho da assassina, é surpreendido por algo que nós, *woman-bombers* contemporâneos, por uma felicidade suprema, não precisamos temer: Deus Ex-Máquina.

Para a nossa sorte, esse tipo de intervenção externa, que foge completamente à lógica e às possibilidades de desenlace contidas no real, e que muito ajudou a resolver problemas dramatúrgicos de várias tragédias, extinguiu-se junto com o império grego.

Medéia aparece sobre sua mansão, num carro de fogo puxado por dragões alados, enviados pelo Sol, seu avô, diz um monte de impropérios a Jasão, entre eles: "Os deuses sabem quem começou esta espiral de horrores!", e vai-se embora, incólume, exilar-se em Atenas.

Você deve estar um pouco apreensivo com o desenrolar desta primeira experiência histórica de ativação de mulher-bomba. Fique tranqüilo. A ciência evoluiu muito. E é aprendendo com erros passados que as pesquisas em todos os campos do saber humano evoluem. Jasão, por inexperiência, foi relapso na contenção e isolamento de uma área prestes a explodir.

Há que se ter cuidado especial com a segurança pessoal e a de nossos entes queridos durante a ativação, e depois da explosão de uma mulher-bomba.

Nós só sabemos disso hoje, graças ao sacrifício de heróis do passado.

E ainda: se você acha que Jasão não teve um final feliz, há uma última consideração a ser feita:

Numa discussão com Medéia, quando ela está jogando na sua cara tudo o que fez por causa de sua paixão desvairada por ele, o argonauta, além de desprezar tais feitos, atribuindo-os à deusa Cípris, contra-ataca com o seguinte argumento:

JASÃO

Ah, Medéia, dá um tempo! Tá bom, você matou meia dúzia de touros com bocas de fogo e um dragão, mas e daí? OK, você me deu uma força, mas pelo que fez já te paguei mais do que o dobro. Primeiro, você veio morar na Grécia, um lugar civilizado, bem diferente daquela terra bárbara em que vivia (...). E se chegou aqui bombada, com fama e prestígio, foi por causa da assessoria de imprensa milionária que eu contratei para dar uma levantada na sua imagem. Se você continuasse princesa daquele seu subúrbio brega nos confins da terra, ninguém ia saber nem o seu nome. Eu não queria ter uma mansão de ouro, nem uma voz mais potente do que a de Orfeu, se a minha fama não chegasse ao mundo.

Como você pode perceber, vinte e seis séculos depois, a fama de Jasão ainda circula, não pelos seus bravos feitos em batalhas, mas por sua habilidade em explodir uma mulher e as conseqüências causadas por tal explosão.

Para alguém que trocaria uma mansão de ouro por notoriedade, não é um final feliz?

— 7 —

LA FEMME-BOMBE HYPER ACTUELLE
OU
BOMBA DE ESTILHAÇOS
COM EFEITO DESLOCADO:
SE CUIDA

Sophie, uma artista plástica renomada de quase cinqüenta anos, conheceu G., escritor e sedutor contumaz, num evento artístico em Paris.

G. era um macho alfa que, na época, estava saindo com três outras mulheres ao mesmo tempo, mas apaixonou-se por Sophie à primeira vista.

Mesmo nos grandes centros urbanos, o métier é do tamanho de uma ova de peixe. Logo, a artista já conhecia a fama de carcará do escritor, e, quando aceitou ter um caso com ele, deixou bem claro que, para que eles continuassem se vendo, a história seria dos dois, só dos dois, e de ninguém mais. Ou seja: para ficar com ela, G. teria que se livrar das outras mulheres. Veja bem: esta simples declaração já denota um excelente material explosivo.

Certa de que ele teria dificuldade em seguir esta regra, Sophie impôs ainda uma outra: se eles deixassem de ser amantes, ela não se tornaria sua amiga.

Como um excelente *femme-bombarder*, G. segue as instruções à risca e, por meses, apresenta-se como um monógamo perfeito, sem dar qualquer indício de que vai quebrar as regras impostas pela amante.

Sophie, por conta de tanto respeito e consideração, é uma mulher feliz e segura ao lado do seu escritor que, ainda por cima, está dedicando um livro a ela.

Numa espécie de antítese dos padrões de *égalité* e *liberté* inaugurados por Simone de Beauvoir & Sartre, circa 1930, Sophie Calle & G. formaram um casal heterossexual, monogâmico, ortodoxo, fechado, em pleno raiar do século 21.

Até o dia em que, umas três ou quatro estações depois do primeiro encontro, ela parte em uma viagem para Berlim.

É este o momento em que começa a sua ativação.

G., como todo escritor que se preza, não atende a telefonemas enquanto está trabalhando. Não se sabe por que, durante a noite, ele também não o faz. Sem comunicação telefônica, depois de algum tempo sem contato, Sophie envia-lhe um e-mail.

Passam-se dias sem que ela obtenha resposta.

Aqui entra um *Princípio básico de ativação* muitíssimo funcional: a *Interdição total de comunicação sem motivo justificado*.

Cansada de esperar e já meio desequilibrada pelo silêncio do amante, a artista plástica envia-lhe um segundo e-mail, cobrando uma resposta.

Vamos então rever a primeira parte da montagem:

G., um notório conquistador, ao capitular diante das exigências de Sophie, faz dela uma vencedora entre as mulheres, uma campeã, a domadora de machos alfa incorrigíveis. Diferente das outras que jamais conseguiram a sua fidelidade, ela é a sua redenção.

G. faz Sophie acreditar que ela não só está acima de suas outras três ex-amantes, como acima de todas as outras – passadas ou futuras.

Quando ela está completamente segura de sua condição de amada e poderosa, surge um novo *Princípio básico de ativação* que é nitroglicerina pura: O ELEMENTO SURPRESA.

Mais precisamente, um e-mail, que contém uma série de elementos da nossa técnica.

Acompanhe:

No dia 24 de abril de 2004, exatamente às dezenove horas, treze minutos e trinta e cinco segundos, em Berlim, uma luz vermelha no Blackberry da artista plástica Sophie Calle pisca, anunciando a chegada de uma mensagem do seu amante.

Em primeiro lugar, ele diz que está há dias pensando em escrever uma resposta, ao mesmo tempo em que pensou ser melhor encontrá-la pessoalmente para falar tudo o que tinha a dizer cara a cara. Mas exclui essa segunda possibilidade e segue escrevendo, considerando que "ao menos a coisa vai por escrito" – talvez como uma espécie de documento de quebra de contrato.

Em seguida, alega que não anda muito bem ultimamente, que não reconhece mais a si mesmo, em sua própria existência. Uma "ansiedade horrível" que ele não consegue enfrentar está tomando conta de seu ser. Ansiedade essa que, por mais que se esforce, não consegue superar.

Bruscamente, G. muda de assunto lembrando sua leitora da condição imposta por ela quando eles se conheceram: "não se tornar a quarta". E alega que cumpriu sua promessa, já que não via as "outras" três há meses. Tudo isso, para confessar que, apesar de ter acreditado que amar e ser amado por ela seria o suficiente para que sua ansiedade – "que constantemente me leva a querer mais, fora de casa, o que significa que nunca me sentirei tranqüilo e sossegado ou mesmo apenas feliz ou completo" – se abrandasse, na prática, a coisa não funcionou bem assim.

Estude com atenção os *Princípios básicos de ativação* utilizados por G.:

a) Faça pouco do amor dela. Deixe claro que ele não é suficiente para você. Mas faça isso da forma mais propositadamente dissimulada possível.

b) Faça pouco da inteligência dela. Substitua palavras como "tesão" por palavras como "ansiedade". Dessa forma, você aparentemente transforma a sua necessidade de galinhar em algo mais complexo. Se você escolheu bom material, meia palavra basta para que ela compreenda o truque e fique ainda mais irritada.

Para se mostrar empenhado no processo de ser fiel a ela, G. alega que tentou curar com a escrita o seu "desassossego".

c) Cite Fernando Pessoa – é sempre elegante.

Mas que essa tentativa, em vez de melhorar seu estado de espírito, só o fez piorar. E que, por isso, resolveu retomar o contato com as "outras", recentemente.

d) Ao contrário do que nós recomendamos até aqui, G. não nega a sua infidelidade. É ele quem se denuncia. Por quê?

Por ser um montador sofisticado, fruto de uma cultura romântica de tradição secular e do berço dos libertinos, ele sabe que deve acertar o centro nervoso de sua vítima sem piedade: "Foi isso o que você pediu? É isso que você não terá."

A negação da fidelidade exigida, associada ao elemento surpresa, tem o efeito de um fósforo riscado diante de um caminho de pólvora, que vai dar num barril cheio dela.

e) O barril de pólvora:
Como todos sabem, a cultura francesa é fundamentada em alguns poucos pilares: os cigarros Gitanes, os perfu-

mes, os queijos, a magreza, o mau humor, e as discussões intermináveis entre casais. Tirar a possibilidade de discutir a relação, fumando cigarro e de mau humor, é um dos golpes mais sórdidos que se pode aplicar num francês. Imagine sendo ele uma mulher. O recurso do elemento surpresa/e-mail que impossibilita o revide cara a cara, neste caso, é uma manobra de mestre.

Mais adiante, G. afirma que está fazendo isso porque nunca mentiu para Sophie e não pretende começar agora.

> f) Minta, minta muito. Minta sempre.

Com o intuito de cutucar ainda mais a onça com vara curta, ele relembra a segunda regra estabelecida por Sophie no início do romance: que no dia em que deixassem de ser amantes, ela não poderia mais encará-lo. E, usando-se deste argumento, declara que, sendo assim, mesmo com enorme pesar, além de estar abrindo mão do papel de amante em prol das "outras", ele também não poderia ser seu amigo.

> g) Use o jogo do espelho. Empurre para ela a sua responsabilidade. Jogue a culpa nela. Acuse-a de ser a única responsável por tudo de ruim que está acontecendo.

Em seguida ele sofre, se martiriza, sente pena de si mesmo, cita algumas qualidades maravilhosas de Sophie, diz que sentirá uma falta terrível dela e blablablá. Para finalmente concluir que sempre vai amá-la da mesma maneira, à sua maneira, como o fez desde o dia em que se conheceram, e que este amor, que carregará para sempre dentro dele, nunca morrerá.

h) Seja descaradamente meloso enquanto mente.

Como toque final, G. diz que está tomando essa atitude porque não admitiria viver numa farsa; que os padrões de amor que eles têm um pelo outro não permitem que ele seja menos do que franco com ela; que esta revelação que ele está fazendo, por e-mail, é a prova final de que o que aconteceu entre eles será sempre único; e que ele gostaria de que tudo pudesse ter sido diferente.

i) Trate-a como uma imbecil.

Como despedida, numa admirável prova de carinho e consideração, G. manda um: "Se cuida".

j) Esse pequeníssimo deboche no final é o detalhe admirável, que só um esteta seria capaz de acrescentar – a última pisadela, a mais eficaz, onde G., acobertado por uma expressão de carinho, deixa claro que sabe que Sophie estará perdida em Berlim, em Paris, na Europa, no mundo, na vida, sem ele. Essa pequena frase é, praticamente, a liberação de "Little Boy" em Hiroshima, tamanho o seu potencial de detonação de um cogumelo atômico no estômago de sua destinatária.

Diante de tanta desenvoltura na arte de ativar mulheres-bomba, não era esperado nada diferente do que uma belíssima explosão. No caso, bastante retardada.

Perplexa com o conteúdo do e-mail, Sophie decidiu enviá-lo a algumas mulheres, das mais diversas profissões, com o pedido de que elas tentassem desvendá-lo e explicá-lo a ela.

Entre as destinatárias, uma juíza, uma psicanalista, uma capitã de polícia, uma assistente social, uma adolescente, uma filósofa, uma taróloga, uma cantora de fado, uma palhaça, uma bailarina, uma performer, uma editora e mais 95 outras "tradutoras" deram a sua interpretação ao e-mail pé na bunda de G.

Ao contrário do seu contrato com G., que era bastante conservador, a explosão de Sophie foi *avant-garde*. O que prova que uma boa ativação pode transformar uma mulher em algo melhor.

De posse das 107 respostas em forma de cartas, faxes, CDs e filmes, a artista plástica levantou um patrocínio milionário com a grife Chanel, e explodiu na Bienal de Veneza, lotando um pavilhão inteiro com as análises de suas convidadas.

Do dia 10 de junho ao dia 21 de novembro de 2007, não se falou em outra coisa no mundo das artes.

Não satisfeita, ao final da exposição, Sophie Calle lançou um livro chamado *Take Care of Yourself* [Se cuida], onde publicou tudo o que suas amigas disseram, escreveram, cantaram ou mostraram. E mais: ao lado da página onde está impresso, na íntegra, o e-mail de G., ela explica que ele é escritor, que fez um livro dedicado a ela, e que esse e-mail pé na bunda, não por acaso, chegou a Berlim no dia do lançamento do livro dele, em Paris.

Por delicadeza extrema, a artista deixou a data do e-mail, e, por vontade do ex-amante, trocou o "X", que protegia sua identidade na assinatura da carta, pela inicial de seu nome: G. Ou seja: qualquer curioso com alma de detetive poderá facilmente descobrir quem é G. e o nome do livro dedicado a Sophie Calle.

Alguém já ouviu falar de uma ação de marketing mais bem construída para o lançamento de um livro de autor meio obscuro?

Detalhe: desconfia-se que esse excelente material explosivo esteja agora em mãos de um novo montador. Ao que tudo indica, o novo namorado desta brilhante artista estabeleceu, ele mesmo, suas regras. Sua condição básica para namorá-la é a de que, o que quer que venha a acontecer entre os dois, ela nunca use como matéria-prima para um futuro trabalho.

Agora imagine o que este estrategista superior fará, depois de tirar desta mulher-bomba espetacular toda a sua munição?

— 8 —

WOMANBOMBING PARA PESSOAS COM NECESSIDADES ESPECIAIS

O *womanbombing* é um esporte radical que pode ser praticado por quase todos os homens. Como a base do que fazemos é o que se convencionou chamar de "*mind games*", qualquer um que tenha um montante razoável de testosterona e neurônios pode brincar.

Analise esse caso e entenda como é fácil:

Shopping center em zona abastada de uma grande metrópole. Cinco e meia da tarde: horário de pico. Renato, um belo homem de tronco e braços fortes, na faixa dos trinta e cinco anos, dirige sua cadeira de rodas por entre as vitrines, quando:

– Ah, então você está aqui, não é, seu cretino?

Uma mulher muito magra, bem vestida e nitidamente fora de si, fala com ele aos berros.

– Lili?!

— Escuta aqui, se você pensa que vai ficar fugindo de mim, está muito enganado!
— Eu não tô fugindo de você. A gente terminou.
— Ontem eu liguei para a sua casa 18 vezes e você não atendeu.
— Eu tava...
— Você por acaso está me filtrando? Eu liguei pra sua casa e sabe o que aquela sua nova enfermeira disse? Que você tava viajando! Como é que você pode estar viajando se está aqui batendo roda nesse shopping? Por acaso você agora é onipresente?
— Eu...
— E tem mais!...

À medida que vai enumerando as tentativas fracassadas de fazer contato, o tom de voz da mulher, que já começou alto e esganiçado, vai aumentando. Como não poderia deixar de ser, às cinco e meia da tarde, num shopping cheio de gente desocupada, a cena começa a chamar atenção e as pessoas vão parando para assistir. Entre elas, estão dois seguranças do shopping que se aproximaram discretamente nos primeiros grunhidos, observando por trás das pilastras de mármore.

— Anteontem foram vinte. Seu celular deve ter pelo menos umas quarenta chamadas perdidas, só de hoje. Os e-mails que eu mando, voltam dizendo que eu fui bloqueada. Bloqueada?! Eu tô com o dedo machucado de tanto apertar ENVIAR, ENVIAR, ENVIAR pra ver se furava o bloqueio e sabe o que você fez? Estragou o meu computador! Se você pensa que vai fazer isso comigo, não vai, não! Eu vou falar tudo o que tenho pra te falar e você vai ter que me ouvir.

– Então fala.

– Me recuso a falar das minhas intimidades no corredor de um shopping.

– Então não fala.

– Tá brincando comigo? Você vai ouvir tudo o que eu tenho pra dizer e é agora!

Ao dizer isso, a mulher anda em direção a ele, toma o comando da cadeira de rodas e vai empurrando-a para a rampa de saída.

– Liliana, o que você está fazendo?

– Eu vou te levar para um lugar onde você vai ter que me ouvir!

– Larga essa cadeira!

– Não largo! Você não fez o que quis comigo? Agora é a minha vez.

– Larga essa cadeira!

Renato percebe que Liliana não vai largar e, temendo pelo seu destino, pega o celular para pedir ajuda. No que Lili o vê sacando o aparelho, voa em direção a ele, arranca-o de sua mão e o atira longe, numa vitrine.

– Larga disso! Tá achando que vai ser fácil? Você agora está na minha mão, seu filho-da-...

Quando a mulher atira o celular na vitrine, os seguranças entendem que esta é a deixa que eles esperavam – já que ela está ameaçando o patrimônio do shopping – e cercam-na, tirando a direção da cadeira de rodas de suas mãos.

– O que vocês estão fazendo? Me larga! Me larga! – ela grita e esperneia, dando coices violentos nos seguranças, que atingem Renato em sua cadeira de rodas e acabam por precipitá-lo rampa abaixo.

A cadeira ganha velocidade no plano inclinado e desce como um bólido, em direção à rua. Atrás dela vêm Lili na dianteira, seguida de perto pelos seguranças, uma meia dúzia de crianças que vibram com a brincadeira mais divertida do shopping, suas mães e babás tentando contê-las e a pequena multidão que havia se formado em torno da cena, minutos antes.

Em disparada, a cadeira de rodas, com um Renato em misto de pânico e êxtase, cruza as portas de vidro do shopping que se abrem sem discernimento, e, na sua corrida desabalada em direção à avenida, quase atropela um cachorro *italian greyhound* e sua dona, na calçada.

Não fosse pelo heroísmo de um guardinha de rua, que colocou seu corpo entre a cadeira de rodas desgovernada e o desastre iminente, fraturando tíbia e perônio, o veículo de Renato teria se chocado com uma van de velhinhas que chegava para as compras, num desastre de grandes proporções.

– A senhora está lesando o patrimônio do shopping e abusando de uma pessoa com necessidades especiais! – berrou um dos seguranças, enquanto o outro penava para imobilizar a mulher-bomba-míssil que ainda tentava alcançar o seu alvo.

– Mas, mas, mas vocês não entendem! – ela grita desesperada. – Esse homem... Esse esboço de macho, esse touro sentado disse que ia se casar comigo! Ele me prometeu filhos!

E foi um misto de risos e comoção na entrada do shopping. Seguido da aparição de várias enfermeiras improvisadas, preocupadas com a saúde do pobre Renato.

Como você pode ver, a única destreza necessária para montar uma mulher-bomba, é mental.

Veja a combinação simples utilizada por Renato:

1) Namoro certinho, mostrando suas fragilidades, gratidão, amor e admiração, tornando-se assim uma pessoa acima de qualquer suspeita;
2) Falsas promessas;
3) Rejeição seguida de desaparecimento, com interrupção de acesso e contato;
4) E o ingrediente fatal: essa mulher estava namorando um cidadão com necessidades especiais. Ela era a boa, a generosa, a Madre Teresa de Calcutá, a que estava se sacrificando, a que entrava com o ônus, a santa. Nunca, jamais, uma mulher que está se achando a salvação na vida de um homem, sua grande chance, seu presente dos deuses, sua última e única saída, vai imaginar que pode ser rejeitada. Em suas palavras: "Como é que esse aleijadinho ousa me largar?"

Pode ter certeza: a criatura vai ficar tão sem chão, tão inconformada, que a explosão é batata.

— 9 —

O AUTO-ENGANO,
OU
OS *WOMANBOMBERS*
INVOLUNTÁRIOS

Estes seres pertencem a uma subcategoria de montadores de mulheres-bomba. Homens que, durante um período variável de tempo, realmente acreditam que encontraram a mulher da sua vida e fazem com que elas acreditem no príncipe encantado.

Só que esse encontro mágico acontece em série.

Invariavelmente, depois de alguns meses, eles se descobrem trocando de alvo, traindo, enganando, mentindo, despistando e escapando por entre os dedos de suas vítimas. Exatamente como faria um *expert* em explosões de mulheres, só que de forma inconsciente. Jamais se dando conta de que são os responsáveis pela detonação de suas bombas, e capazes de negar não só para elas como para seus pares, a sua intenção.

Esta categoria de montador-amador não se responsabiliza pelo seu prazer ou engenho, alienando causa de conseqüência.

Ao final da experiência, depois de mais um estouro, sua reação é a de qualificar as mulheres como loucas, sem jamais perceber que a incidência de explosões em suas vidas não é um acidente, e sim um padrão. Negando seu potencial, são capazes de afirmar que não foi intencional e sim algo que, de repente, mudou dentro deles – como uma espécie de desencanto, enjôo, um "Desculpe, foi engano", que, sabe-se lá por quê, provocou uma reação desgovernada e explosiva.

Este manual desconsidera esta subespécie por não reconhecer nenhum valor em qualquer talento que não se transforma em vocação.

— 10 —
RECONHECENDO BOM MATERIAL EXPLOSIVO

A mulher-bomba ideal está entre o vinho antigo e o coquetel. Precisa de tempo para maturar. Uma mulher-bomba muito jovem é insípida como um Beaujolais Nouveau. Ela precisa ser encorpada por frustrações, decepções e relógio biológico soando. Precisa ter adquirido o buquê de abandonos, traições e ilusões perdidas.

A parte do coquetel vem do fato de que, às características acima, deve-se somar esperanças imorredouras, fé em comédias românticas com Hugh Grant e busca instintiva da alma gêmea, que nunca esmorecem na mulher com potencial para a explosão.

O truque é fazer convergir as séries, ligar os fios, preparar a ignição.

INGREDIENTES

1) Faixa etária: entre os 30 e os 40 anos. Antes dos 25, as mulheres implodem: fazem beicinho, deprimem, têm crises de choro, "quero a mamãe". No entanto, não se deve subestimar as precoces.

2) Inteligência, pelo menos, mediana: mulher burra não explode. Passa o tempo inteiro sem entender os sinais, nem desconfia, não tem a menor graça. Insípida e sem *sex appeal*.

3) Insegurança e carência: são as mulheres-bomba perfeitas. Em geral, demonstram exatamente o contrário. Querem parecer auto-suficientes, mas uma análise clínica revela logo o poço de carência do elevador, que teima em subir para a cobertura.

4) Catequistas. Elas sempre acham que podem mudar qualquer homem. Missionárias do matrimônio monogâmico lutam abnegadas para converter os antropófagos em vegetarianos. Oferecem miçangas, espelhinhos etc., enquanto o tacho está no fogo com água fervente esperando por elas.

5) Monoteístas. Em seu altar só existe um deus: o macho adulto. Para atingi-lo pisam na garganta da mãe; trocam – quando tem – de time passando, de um dia para o outro, a ser torcedoras histéricas; adotam ideologias

extremistas; se convertem ao judaísmo, budismo, islamismo, taoísmo ou qualquer outro ismo que venha acompanhando um membro para chamar de seu.

Seus únicos inimigos frontais: as mulheres. Sejam elas a mãe, irmã, amiga, colega de trabalho, ex ou qualquer outra, viva ou morta.

COMO RECONHECER UM BOM MATERIAL

Sinais ostensivos de matéria explosiva, traços gerais, modos indiretos:
- nunca dizem o que pensam, insinuam;
- nunca demonstram interesse, insinuam;
- nunca respondem que sim, insinuam;

1) LINGUAGEM CORPORAL

Gestual mecânico e nervoso:

Os cabelos, no final da noite, parecem ter sofrido uma escova progressiva de tanto que elas os esticaram (indicação de autoflagelação antecipada).

Apontam involuntariamente para partes do corpo às quais atribuem qualidades: mão no decote, na alça do sutiã, na barra da saia...

Conflito de sinais, já que o gesto contradiz a palavra: "Estou querendo ficar só por um tempo, cansei de aventuras sem sentido", dizem elas, enquanto apontam para o pedaço generoso de seio que salta do decote por um movimento hábil dos ombros.

2) Linguagem

Frases feitas e ar de vida interior: "Não sei por que estou nesta festa, preferia mil vezes meu bom livro e meu DVD do Kusturica"; "Não estou a fim de relacionamentos"; "Quero apenas *sex and fun*"; "Amo a solidão" etc.

Leia-se: "Por favor, não me deixe só! Faço qualquer coisa..."

3) Roupas e adereços

Desleixadas. Já desistiram. Já explodiram tanto que estão chamuscadas por dentro, não sobrou nada. Cheiram a vela queimada. Afaste-se destas. Cotação mínima.

Exuberantes. Isca de polícia chique babando por uma relação duradoura e pública. O acento está no pública. Mulheres precisam de amores públicos: trocam qualquer relação de cumplicidade e/ou de atração fulminante por relação ameaçadora ou morna, desde que pública. Daí, que uma das táticas de montagem pode ser afastá-las do convívio humano, proibi-las de mencionar o caso. Exuberância significa cores um tom acima e adereços um número acima, a voz acompanha – a exuberante é sempre uma soprano desempregada pedindo um *dry martini*, com um batom maior do que a boca. Material do bom.

Low Profiles. Elas usam aquelas roupas que não chamam a atenção, mas valorizam o corpo em determinadas situações: quando esticam o braço, quando abaixam para pegar algo, quando dobram as pernas. Frias e calculistas, elas representam perigo. Cotação muito boa.

Discretas. Estas, sim, são perfeitas. São aquelas garotas legais, boa gente. Mais finas, mais elegantes, mais cultas, mais perspicazes. Produto de qualidade. Cotação máxima.

PERFIS MAIS FACILMENTE IDENTIFICÁVEIS

1) **Bomba-relógio.** Ela tem mais de 35 anos e não tem filhos. Se você chegar perto, vai ouvir o tic-tac – seu relógio biológico já soou o alarme e ela é uma amazona do amor.

   Nessas mulheres, os fios se ligam da seguinte forma: prometa crianças, diga que é o seu sonho dourado e que você não tem medo de Virginia Woolf, nem de coleta de material para inseminação *in vitro* – caso se faça necessário. A desistência no momento X fará com que ela exploda lindamente.

2) **Vaidosa.** Nunca tomou um fora, nunca ouviu um não. Os homens caem aos seus pés como moscas. Ela simplesmente não aceitará ser dispensada.
   Detonador: se você traí-la, vai levá-la à loucura. Qualquer escolha será acertada: de uma mais bonita, passan-

do por uma mais jovem, até uma mais feia e/ou gorda, qualquer opção será insuportável para o seu ego.

3) **Moderninha.** Essas são menos divertidas, sendo mais recomendadas para iniciantes. São garotas de menos de 30 anos, que vão à cinematecas ver filmes franceses, vestem preto, botas, usam uma perene maquiagem meio borrada e esmalte escuro descascado, fumam, bebem e seu hábitat natural é uma boate underground esfumaçada.

O peteleco: basta conversar um pouco mais com uma estranha ou com a melhor amiga dela, que estilhaços voarão por toda parte. A falta de graça deste tipo vem do fato de que se você se atrasar, faltar a um encontro, der mais atenção a um amigo do que a ela, não quiser transar... enfim, basta você existir que ela explode.

4) **Executiva poderosa.** Não aceita não como resposta. Acredita no método e no esforço pessoal para conseguir o que quer, mas confunde as regras do mundo empresarial com as do desejo. Ambos são selvagens. No entanto, o primeiro é newtoniano, regido pelas leis de causa e conseqüência, enquanto que o segundo é quântico. Logo, quando seu esforço e empenho começarem a dar errado, imediatamente começa a contagem regressiva para a explosão.

O segredo é agir como se você fosse um job complicado, um desafio, que vai dando certo até que...

– 11 –

OUTRAS ESTRATÉGIAS INFALÍVEIS

DIGA QUE NÃO QUER SE CASAR. Para mulheres com um bom potencial explosivo, essa frase funciona como uma espécie de afrodisíaco.

Como numa gincana, ela vai enfrentar todos os obstáculos para vencer as provas mais difíceis e receber o grande prêmio, entregue no altar, ao final da empreitada.

Pode ter certeza de que este teste é um divisor de águas.

Diante da declaração "Eu não quero me casar" ou "Eu nunca vou me casar", 78,3% das mulheres testadas abandonaram o campo de provas.

Dos 21,7% restantes, apenas 7,3% permaneceram porque compartilham do não-desejo de uma união estável, sendo essas material sem qualquer potencial de explosão.

As 14,4% que sobraram demonstraram ser excelente material explosivo. Reagindo automaticamente à motivação, morderam a isca, ficaram instigadas, excitadas, guerreiras, prontas para entrar na luta, tentar dobrar o macho arredio e levá-lo aos sacrossantos laços do matrimônio. A constatação do malogro depois de esforços tremendos, somada a mais alguma das técnicas anteriormente apresentadas – como a traição, por exemplo –, será o detonador eficaz de uma deliciosa explosão.

CRASH DA BOLSA. Ao contrário do que costuma fazer com o seu rico dinheirinho, que é guardado em aplicações conservadoras ou, no máximo, moderadas, nas relações amorosas a mulher-bomba é uma investidora agressiva.

Quanto mais dicas você dá de que é meio complicado, mais ela se joga na relação, fazendo esforços, concessões, abrindo mão do tempo e dos gostos dela, em função dos seus.

Assim, se você quiser, o Dia das Mães ela passará na casa da sua (a mãe dela é mulher, vai entender que o esforço é por uma calça nobre); o Natal, numa barraca de camping, e não com a família dela; o Réveillon com os seus amigos e não com os dela, de vestido branco longo e salto de 12cm, na praia, enquanto todo mundo está de bermuda e camiseta.

E mais: se está desempregado, ela encontrará um trabalho para você; se está deprimido, um psiquiatra; se bebe ou se droga demais, ela vai se dedicar a cuidar do seu corpo e da sua alma, levá-lo a fazer terapia, exercícios para liberar endorfina, e até ao AA ou NA, de mãos dadas, ela irá com você.

Todo esse investimento em desapego e resignação visa a um único objetivo: o lucro que, no caso, é você, de coleira, no altar.

Se sentir que uma mulher apresenta potencial de investidora agressiva, e está olhando para a sua pessoa como um debênture no mercado financeiro, sorria! Você está diante de excelente material explosivo. O que deve fazer é apenas complicar a cada dia a complexidade das tarefas da gincana, para que ela seja obrigada a investir mais e mais.

O equilíbrio está em aumentar proporcionalmente o grau de dificuldade do investimento, junto com a sua gratidão e promessas de reabilitação. É fundamental apresentar melhoras – seguidas de recaídas freqüentes. Assim, ela se desprenderá e dará tudo o que tem, e, principalmente, o que não tem. Quando estiver bem exausta, mas crente de que seus esforços estão valendo milhares de títulos de crédito da sua dívida passiva, prontos para serem protestados num cartório, seguido de igreja no dia seguinte: quebre-a. Mostre que tudo o que ela investiu acaba de virar poeira, como se estivéssemos na Nova York de 1929 ou na Rússia de 1998. Faça um tremendo melê, uma lambança memorável, daquelas imperdoáveis, como cantar a mãe dela, a irmã, o irmão ou o pai – de preferência levando um deles para a sua cama. Ou melhor, para a cama dela.

Hiroshima e Nagasaki serão pinto, diante do que você verá em termos de cogumelo. Um acontecimento sublime.

− 12 −

ESTALINHOS

Não é todo dia que conseguimos que uma mulher exploda. Esse é um trabalho árduo, de construção diária, que requer muito engenho e paciência. O que não significa a privação do prazer de pequeníssimos e delicados estrondos de estalinhos, no cotidiano.

Se a mulher não reagir aos *inputs* a seguir com pequenas explosões, não se decepcione. Se ela não for embora, é porque está acumulando pólvora para uma futura grande explosão.

Muito menos glamourosa do que as anteriores, esta não deixa de ser uma técnica: vencê-la pelo cansaço. Em vez de uma grande jogada de mestre, pequenas ações diárias. Pode ser uma boa opção para principiantes – quase como andar de bicicleta com rodinhas –, até que você ganhe confiança para investidas mais ousadas.

Procedimentos:

- Marque encontros e não apareça depois da primeira transa.

- Saia da frente dela quando for falar ao telefone, não deixe que ela saiba com quem você está falando, e muito menos sobre o quê. Se ela perguntar por que você faz isso, diga é para preservar a sua privacidade.

- Ouça os recados da secretária eletrônica ao lado dela e pule os que começam com voz feminina. Se ela perguntar por que você faz isso, diga que já sabe do que se trata.

- Tire o telefone do gancho ostensivamente quando ela estiver na sua casa.

- Passe longos períodos sem atender o celular e outros longos períodos com o celular desligado. Principalmente durante a tarde e no início da noite. Se ela comentar que ligou e caiu na caixa postal várias vezes, diga com ar distraído: "É mesmo? Eu devia estar fora do ar."

- Demore um pouco para falar o nome dela, quando atender o telefone da sua casa ou do escritório, como se você estivesse tentando reconhecer quem é.

- Tenha o seu computador bloqueado por uma senha.

- Tenha gavetas trancadas à chave em casa e no escritório.

- Desapareça em festas. Se ela perguntar onde você estava, seja evasivo na resposta.

- Se você fuma, escolha uma amiga ou colega de trabalho para tirar tragos do cigarro dela, sempre que estiver na frente da sua futura mulher-bomba.

- Tenha uma secretária, estagiária, assistente, aluna ou *groupie* bonita e mais jovem do que ela.

- Reforce pequenos defeitos – use lentes de aumento sobre eles. Exemplos: "Eu nunca tinha reparado como o dedão do seu pé é comprido!"

    "Imagine querida, eu amo as celulitezinhas que você tem na bunda, na coxa, no culote..."

    "Essa saia não está muito curta para uma mulher da sua idade?"

- Tenha revistas de mulheres peladas em algum lugar *aparentemente* escondido do alcance dela. E atente para o layout das mulheres: se a sua candidata a bomba for magra, tenha revistas de mulheres gostosonas, se for loura, colecione exemplares de morenas, e assim por diante.

- Fale com admiração de alguma colega de trabalho muito inteligente, com bastante freqüência.

- Vá à praia de óculos escuros, olhe para todas as mulheres gostosas e negue se ela reclamar que você está olhando para as outras.

- Trabalhe inseguranças. Ao descobrir um ponto fraco, abuse dele. Exemplo: "Claro que eu sei que a minha vizinha nova é linda, charmosa, rica e inteligente. Mas esse tipo de mulher não me atrai. Tem muito homem atrás delas. E, cá entre nós, eu sei das minhas limitações e me conformo com o que tenho. Ela não é para o meu bico."
- Quando ela estiver pronta para sair, com o seu vestido novo, pergunte: Você vai assim?

— 13 —

DAMAGE CONTROL — DIMINUINDO O ESTRAGO

Na maioria das vezes, como você já deve ter percebido, pouco depois da explosão de uma mulher-bomba, as coisas voltam ao normal – em alguns casos com ganhos significativos para o *womanbomber*.

No entanto, em algumas circunstâncias especiais, a explosão pode causar mais devastação do que o planejado.

Existem algumas técnicas para reverter os danos mais dramáticos de uma explosão mal calculada. Algumas delas estão listadas a seguir, e devem ser usadas progressivamente, de acordo com o tamanho do estrago.

ESSA MULHER É LOUCA!

Toda mulher é louca, até que se prove o contrário. Portanto, essa alegação em situações de estrago um pouco além do planejado pode ser plenamente aceita, revertendo o quadro a seu favor.

Na pior das hipóteses, você ganha o benefício da dúvida – o que vai deixá-la tão furiosa, que é capaz de ativar uma bomba de efeito retardado e disparar uma segunda explosão, fato que deixará claro o seu ponto.

COMPULSÃO SEXUAL

No caso de um estrago um pouco mais profundo, seguido de escândalo fora de proporção, recomendamos esta tática de expiação. Se funciona em Hollywood, pode funcionar em qualquer lugar do planeta. Michael Douglas foi o inventor desse estratagema, que obteve pleno sucesso perante a opinião pública.

Esta estratégia é um pouco dispendiosa, já que você terá que se internar por um tempo em uma clínica psiquiátrica. Mas pense na clínica de tratamento como um parque de diversões. Quantas psicóticas, obsessivas-compulsivas, deprimidas não se escondem por trás desses muros?

Pense nessa estadia como férias num harém, num resort para *womanbombers*, ou como uma temporada na Disney, com explosões coloridas de fogos de artifício todas as noites.

MUDE DE BAIRRO/ CIDADE/ESTADO/PAÍS

Infelizmente, algumas vezes, a explosão foge completamente do nosso controle com avarias irreversíveis, que podem prejudicar a continuidade da prática do esporte numa praça específica. Recomenda-se, nesses casos, uma retirada estratégica para outras paragens. Dependendo das dimensões do escândalo pode-se mudar de círculo social, emprego, bairro, cidade, estado ou país, progressivamente, de acordo com a necessidade.

SIMULE UMA TENTATIVA DE SUICÍDIO

Escolha um bom coquetel de psicotrópicos misturados a bebidas alcoólicas e se entregue a esta viagem.

Para o sucesso desta operação é fundamental agendar a visita de alguém que você tenha certeza de que é pontual e não fura. Pode ser a sua mãe, a faxineira, um amigo ou amiga. O importante é que você seja encontrado na hora H, à beira da morte, num cenário deprimente de decadência e degradação. Se for bem-dotado, fique nu – dependendo da sua importância na sociedade, pode render boas fotos e novas candidatas à explosão.

É fundamental que, no momento da recuperação, você alegue que não conseguia viver com tamanha injustiça e incompreensão. Lembre-se: o *womanbomber* nega sempre até a morte – ou até a beira dela, no caso.

Estas estratégias foram previamente testadas e aprovadas, e garantem a volta com tudo do *womanbomber* à ativa, com sua dignidade e credibilidade plenamente restabelecidas.

— 14 —

POR QUE AMAMOS A MULHER-BOMBA?

Por que nós amamos a mulher-bomba?
Porque ela é sexy.

Por que ela é sexy?

"Porque é uma louca, quebrou o apartamento todo! – por minha causa."

"Porque é doente, virou a mesa do restaurante com pratos, vinho, água, na frente de todo mundo, por ciúmes! – de mim."

"Porque no meio de uma discussão ela se atirou em cima de um carro! – para não me perder."

A mulher-bomba é uma louca em estado de desgoverno. Mas ela é louca por você. E não há nada mais sexy do que uma mulher louca por você.

E mais:
O que ela promete?
Sexo, Poder, Risco.
Impunidade, Castigo, Controle Total, Ameaça de Catástrofe.
+ Adrenalina
+ Testosterona
= Abismos e Estrelas

A mulher-bomba tem um quê de carrinho de controle remoto. Basta um comando distante e o bólide anda, corre, pára, bate em outro, se atira de cima da mesa, se esborracha contra uma parede.

Como não amar um brinquedo que podemos levar aonde queremos com um simples apertar de botões? E é quando ele está espatifado que nós mais o amamos. Gostamos dele com mais paixão, como o leão ama o cervo, o sádico seu masoquista, o criador a sua criatura.

Mulheres-bomba são criaturas adoráveis e perigosas. Elas são afetadas por nós, sofrem por nós, vão ao fundo do poço por nós, mas não nos causam culpa. Não cobram, não choramingam, não adoecem, não sofrem de autopiedade, não manipulam. Elas oferecem o corpo e a alma em sacrifício e explodem lindamente, quando apertamos os botões certos.

Nós somos os senhores desta guerra.
Em vez de chantagens emocionais, dinamite.
Em vez de lágrimas, pólvora.

Em vez de farpas e insinuações, balas de metralhadora.

Nós amamos as mulheres-bomba porque elas não implodem, não deprimem. Movimentam-se como marionetes, rodam como baratas tontas com uma graça encantadora, vão ao fim da linha sem perder a fibra. São lutadoras.

Elas são vulneráveis, submetem-se a nós como cães treinados, mas não são poodles de estimação, são cachorros bravos.

A mulher-bomba é um inimigo de saia, decote e lingerie.

O que mais um homem pode querer?

POSFÁCIO

No inverno de 2007, por conta de uma bolsa-sanduíche de doutorado, preparei minhas malas e embarquei para o que veio a ser um glorioso verão no norte da Itália, mais precisamente na Università di Bologna, sob a supervisão do professor-doutor Giacomo Visconti. O sr. Visconti, um italiano inteligentíssimo e extraordinariamente charmoso, mostrou-se na nossa convivência um mestre muito mais completo do que eu jamais poderia imaginar. Além de sua inestimável orientação no que concerne os sistemas sígnicos em Santo Agostinho, Giacomo tornou-se também um guia sexual que abriu para mim diferentes e ultranovos portais de percepção. Graças, talvez, às dezenas de garrafas de Sassicaia de sua adega, vale registrar.

Mesmo assim, até este ponto, meu aprendizado com esta criatura fenomenal estaria, digamos, no espectro do previsível: a reprodução de saberes acadêmicos e sexuais através de bibliografias e práticas – embora desconhecidas para mim até então – de certa forma não inovadoras para a humanidade.

A grande diferença que este gênio fez na minha formação aconteceu na chegada do outono, numa manhã tempestuosa quando, depois de uma noite louca de amor, que me fez adentrar em mares nunca dantes navegados, ele me deixou dormindo em seu leito – para onde eu havia me mudado um mês antes, depois de abandonar o dormitório de estudantes da universidade ao final do prazo de vigência da minha bolsa – e partiu para uma reunião no *Dipartimento della Comunicazione*.

Qualquer pessoa que já tenha passado pela academia sabe que estas reuniões são um *tour de force* destinado a maratonistas do intelecto e, principalmente, da paciência.

Depois de um par de horas de espera em que a torrente de água do lado de fora não amainava, eu, como pupila, discípula e invejosa da capacidade intelectual de meu mestre, comecei a fuxicar sua biblioteca. Nela, além de quilômetros de literatura de ficção e de tudo o que se possa imaginar sobre Sanders Peirce, Saussure, Jakobson, Hjelmslev e, é claro, Umberto Eco, encontrei, escondidinho no meio da literatura renascentista, os manuscritos de um trabalho cujo nome me atraiu deveras: "Come Comporre una Donna-Bomba".

Tirei-o da estante e comecei a lê-lo imediatamente. Era um estudo não acadêmico, uma observação fascinante sobre o comportamento humano. Ao devorar aquelas palavras, me senti como se estivesse penetrando a Biblioteca do Vaticano, na Idade das Trevas. O pensamento de Giacomo Visconti era original e irresistível, assim como sua produção acadêmica e sua pessoa. Era quase como se eu estivesse adentrando uma mente do mal, que por descuido ou obsessão, tinha se dado ao trabalho de esquematizar seu pensamento.

Seis horas depois eu ainda estava imóvel, na mesma poltrona de couro, agarrada ao texto. Quando cheguei emocionada à última página, percebi que era um trabalho inacabado.

Já havia passado oito horas desde que Giacomo saíra e, mesmo que as reuniões universitárias durem uma eternidade, existe uma instituição muito mais respeitada pelos bolonheses: o *pranzo*. A qualquer momento, ele irromperia na sala, pronto para o jantar. Mas eu estava muito instigada, praticamente frenética, e não resisti à tentação: corri para a escrivaninha com a firme determinação de invadir o seu computador.

Obviamente, havia uma senha que me impedia de acessar o conteúdo. Depois de inúmeras tentativas, a palavra *tempesta* – muito esperto o Giacomo de não usar *esplosione* – abriu para mim as portas do paraíso. Ou do inferno. Porque eu jamais poderia sonhar que encontraria o texto com o qual me deparei.

Para a minha surpresa, descobri que seus estudos sobre a montagem de mulheres-bomba haviam avançado bastante num capítulo chamado: "Testa di nero – L'esperienza brasiliana" [Cabeça-de-nego – a experiência brasileira], que registrava passo a passo, em um único capítulo digitado no computador, todos os planos de Giacomo para a minha explosão.

Confesso que tive de correr para o banheiro vomitar.

Quando eu já estava virada do avesso e só havia sobrado bílis, a porta da sala se abriu. Era ele!

Corri trêmula para o computador enquanto Giacomo subia as escadas. É claro que nestas horas os computadores levam uma eternidade para encerrar os programas e temi pela minha vida. O que faria esse psicopata, se descobrisse que desvendei o maior dos seus mistérios?

— Luciana! — ele me chamava.
— *Qui* Giacomo!
— *Dove?*
— *Adesso* — eu precisava ganhar tempo.
— *Dove, amata?*
— Na biblioteca.

A maçaneta girou no exato momento em que a tela do computador ficou preta. Por milagre, ainda tive tempo de pegar a primeira coisa que estava ao meu alcance, me atirar na poltrona, e, apesar da respiração ofegante, conseguir fazer uma cara de nada.

Mas como tenho o carma da honestidade, a tal primeira coisa que estava ao meu alcance era o manuscrito da *Donna-Bomba*.

A expressão de Giacomo ao me ver com ele nas mãos foi apavorante: seu rosto avermelhou-se imediatamente, como se todo o sangue do corpo tivesse subido para a cabeça, sua boca arqueou-se para baixo, mostrando os maxilares inferiores, como um cão feroz, as narinas se dilataram, as sobrancelhas negras colaram uma na outra, a testa foi invadida por rugas profundas em forma de "V". O homem era o demo em pessoa.

Quando percebi o perigo que estava correndo, meu instinto de sobrevivência veio em meu socorro, e, do nada, as palavras brotaram da minha boca:

— Bravo, Giacomo, bravíssimo! Você é um gênio!

Minha arma foi infalível. Se existe um ponto fraco num acadêmico é o seu ego. Giacomo desfez imediatamente a expressão de fúria estampada na sua cara e abriu um sorriso radiante.

— *É vero.*

Fingi jamais ter visto o capítulo do computador e foquei nos escritos. Fiz perguntas sobre a pesquisa, ressaltei o seu ineditismo, a capacidade dele de observação do comportamento humano. Em seguida, criei coragem e perguntei:

— Quando você acha que consegue terminar e publicar essa obra fantástica?

Ao que ele me respondeu que jamais, em tempo algum, esse trabalho veria a luz de uma livraria. Que ele era uma autoridade na universidade mais antiga da Europa e uma das mais respeitadas do mundo, e essa obra faria dele uma pessoa execrada por seus pares. Um homem com a sua responsabilidade jamais poderia se dedicar a um assunto não-erudito.

— Mas e os romances do Umberto Eco?

— São eruditos.

— E se você publicasse sob pseudônimo? — perguntei.

Giacomo disse que não corria o risco de ter sua identidade revelada e sua carreira arruinada. Coisa que achei uma certa prova de ignorância da parte dele. O que seria de Pauline

Réage, pseudônimo de Dominique Aury, autora da *História de O*, se não tivesse contado com a discrição de Jean Paulin, seu amante e agente?

Então, como amante ultrajada, e principalmente como mulher da ciência, decidi que este estudo brilhante sobre o comportamento humano não poderia ficar restrito a uma biblioteca caseira, apenas.

Noite após noite, depois que o italiano se punha a dormir, exausto pelo *fare l'amore*, me dediquei, clandestinamente, a copiar palavra por palavra os seus originais.

Quando Giacomo finalmente apareceu com uma pós-adolescente romena polimorfa perversa, sua nova mestranda graduada em Letras que não falava uma palavra de italiano, fingi o escândalo previsto, somado à surpresa que havia me causado a práxis de sua teoria, logo comigo, sua cúmplice, e alegrei seu coração perverso com uma explosão razoável no *Dipartimento della Comunicazione*: chamei-o de *bugiardo*, dei meia dúzia de berros e gastei meus *cazzos, farabuttos e vaffanculos* – o que não surtiu muito efeito entre os professores presentes, porque gritaria na Itália, veja bem... Antes de partir, quebrei trinta garrafas da preciosa adega do mestre – a romenazinha casamenteira letrada do leste que bebesse vinho de mesa, enquanto aguardava a sua hora de explodir – e voltei para o Brasil com a cópia do manuscrito da Donna-Bomba na bagagem.

A publicação deste livro, sem que a autoria de Giacomo Visconti esteja protegida por pseudônimo, considero minha verdadeira explosão. Se era isso que ele sempre planejou para mim em seu capítulo inacabado ou se estou engendrando um contra-ataque mortal, só ele e o futuro saberão.

Quanto a mim, aguardo ansiosa os agradecimentos da Università di Bologna a quem cedi gentilmente os direitos autorais deste livro.

Luciana Pessanha

REFERÊNCIAS BIBLIOGRÁFICAS

ALMEIDA, João Ferreira. *Bíblia de estudo da mulher*. São Paulo: Editora Atos, 2002.

AUTRAN, Christina. *Por que a mulher gosta de apanhar e outras reportagens dos anos 1960 e 1970*. Rio de Janeiro: Nova Fronteira, 1992.

BALZAC, Honoré de. *A mulher de trinta anos*. São Paulo: Estação Liberdade, 2000.

BAUDRILLARD, Jean. *O espírito do terrorismo*. Porto: Campo das Letras, 2002.

BEY, Hakim. *Caos – Terrorismo poético e outros crimes exemplares*. São Paulo: Conrad do Brasil, 2003.

BOOG, Gustavo. *Manual de gestão de pessoas e equipes*, v. 2. São Paulo: Editora Gente, 2002.

CALLE, Sophie. *Prenez sopin de vous*. Arles: Actes Sud, 2007.

ECO, Umberto. *La bomba e il generale*. Milão: Bompiani, edição revista, 1988.

EURÍPEDES. *Medéia*. Trad. Millôr Fernandes. Rio de Janeiro: Civilização Brasileira, 2004.

FOGLE, Bruce. *New Complete Dog Training Manual*. Londres: Dorling Kindersley, 2002.

GUIMARÃES, Marcello Ovideo Lopes. *Tratamento penal do terrorismo*. São Paulo: Quartier Latin, 2007.

HORGAN, John. *Psicologia del terrorismo: cómo y porqué alguien se vuelve terrorista*. Barcelona: Gedisa, 2006.

LAFOURCADE TOURON, Agustin. *La bomba psicológica como camino de superación*. Madri: Biblioteca Nueva, 1988.

MILLER, Michael Vincent. *Terrorismo íntimo*. Rio de Janeiro: Francisco Alves, 1995.

SALIBA, Tuffi Messias. *Manual prático de avaliação e controle de poeira e outros particulados*. São Paulo: LTR, 2002.

SOMER, Elizabeth. *10 armadilhas que detonam a dieta de uma mulher*. Gente, 2007.

TALAN, David A., GOLDMAN, H. Brian, BOSKER, Gideon. *Manual of Emergency Medicine Therapeutics*. Mosby (Elsevier), 1995.

TAVARES, Braulio, HATEM, Yolanda I. *Como enlouquecer uma mulher*. São Paulo: Editora 34, 1993.

Este livro foi impresso na Editora JPA Ltda.,
Av. Brasil, 10.600 – Rio de Janeiro – RJ,
para a Editora Rocco Ltda.